淑妻調教

雨宮　慶

マドンナメイト

淑妻調教

第一章　性癖

1

三十五階の部屋の窓から見えている空の色合いと日差しの加減は、夏から秋への移り変わりを感じさせるものだった。

それを眺めながら、スパークリングワインが入っているグラスを傾けていた蓮《はす》見悠一郎《みゆういちろう》は、胸の中でつぶやいた。

『もう秋か……』

秋がくると、沙耶香《さやか》との結婚生活はまる三年を迎えることになる。

ついでチクッと、胸を針で刺されたような痛みをおぼえた。

結婚してまだ三年にも満たないというのに、土曜日の真っ昼間から高層ホテルの一室でよからぬ快楽に耽ろうとしている。

そのうしろめたさのせいだった。

もっとも、こんなことは今日が初めてではない。一年ほど前から月に一回程度繰り返している。

蓮見は妻の沙耶香を愛している。それも心底愛している。

それでいてこのようなことを繰り返しているのは、やむにやまれぬ事情があるからだった。

ちょうどワインを飲み干したとき、チャイムが鳴った。

蓮見は立ち上がって戸口に向かった。

ドアを開けると、麻矢《まや》が立っていた。

「久しぶりだね。どうぞ」

蓮見が笑いかけていうと、麻矢は秘密めかしたような色っぽい笑みを返して部屋に入ってきた。

「飲むかい？」

蓮見は訊いた。テーブルの上には、スパークリングワインのボトルが入ったワインクーラーとグラスがもう一つあった。

「いただくわ」

麻矢は椅子に腰かけながらいった。

蓮見は麻矢と向き合って座ると、二つのグラスにワインを注ぎ、一つを麻矢に渡した。

「ホント、久しぶりね。ときどき電話では話してるから、そんなにも思わなかったけど、実際に逢うの、何年ぶりかしら。蓮見さんが結婚して以来じゃない？」

麻矢はいま四十一歳のはずで、蓮見は五十五歳だから、ふたりの間には一まわり以上の年齢差があるが、二十年来の、それもただの関係ではない付き合いがあって、いつしか会話はフランクな言葉づかいのそれになっていた。

「そうだな。てことは、およそ三年ぶりか」

「そうね。じゃあ三年ぶりの再会に乾杯しましょう」

ふたりはグラスを合わせてワインを飲んだ。

「だけど、どういうこと？　電話でもいったけど、わたしを指名するなんて、どういう風の吹きまわしなの」

麻矢が訝《いぶか》しそうに訊く。

「うん。ちょっと悩みがあってね。なにかいいアドバイスはないか、麻矢に訊いてみたかったんだ」

「悩み？　あ、でもわたしがアドバイスできるとしたら、セックスに関係することくらいしかないわよ」

麻矢が笑っていう。

これまで大勢の男たちの性と欲望を見てきて、その面では経験豊富な麻矢だが、それだけではない。すべてにおいて頭のキレる賢い女である。

「じつは、そのセックスに関係することなんだ」

蓮見はワインを一口飲んでからいった。そしてすぐ、

「でもその話はあとにしよう。久しぶりに逢ったら、ゾクゾクしてきたよ。麻矢女王様のヒップを味わいたい」

「ふふ、わたしの奴隷になりたいの」

麻矢が嗜虐的な笑みを浮かべて訊く。

「はい。わたしを麻矢女王様の奴隷にしてください」

とたんに蓮見もスイッチが入って、へりくだって答える。

「じゃあわたしの前にきて、パンツだけになって正座しなさい」

麻矢はそう命じると立ち上がった。そして、椅子を半回転させると、また腰かけた。

蓮見は立ち上がって麻矢の前にいった。

麻矢は脚を組んでいる。タイトスカートから黒いストッキングに包まれた、すらりとした脚が覗き、足には黒いピンヒールのパンプスを履いている。

その下半身を見てワクワクしながら、蓮見は服を脱いでいった。

――そもそもふたりの出会いは、あるSMクラブだった。

もう二十年ほど前のことだ。

蓮見は三十五歳、麻矢は二十一歳だった。

蓮見はZ省のキャリアで、そのときすでに学生時代から付き合っていた相手と結婚していたが、初めていったそのSMクラブで麻矢と出会ったのである。

麻矢は美大の学生で、バイトで女王様役をやっていたのだ。

蓮見が自分にマゾヒスティックな願望があることを自覚したのは、高校生の頃だった。

ただ、麻矢とプレイを経験するまで、その願望は抑えて隠していた。

それがむずかしくなったのは、結婚して数年してからだった。

妻がいるので、それなりに性欲を満たすことができて、その点では不自由することはなかった。

ところが皮肉なことに、ノーマルな性欲が満たされていることによって、マゾヒスティックな願望が満たされないことの不満が徐々に募り、ストレスになってきたのだ。

だが、願望を妻に打ち明けることはできなかった。

妻は蓮見と同じ超エリート大を出て、弁護士をしていた。堅くて真面目な性格で、セックスもそのままだった。

プレイ的な行為はまったく受けつけず、たとえそれがノーマルな範囲内であっても、変態視するところがあった。

かといって、セックスが嫌いかというとそうでもなかった。教科書どおりの行為をしているかぎりにおいては、妻も熱心だった。ただそれも子づくりという目的があってのことだったが。

その妻は二人の子供を産み育て、七年前に癌でこの世を去った。

一方、蓮見のほうは、初めて女王様プレイを経験して以来、すっかりプレイにはまってしまって、麻矢のいるSMクラブに頻繁に通うようになっていた。

もちろん妻には内緒で、亡くなるまでそのことが知られることはなかった。それに蓮見自身、中央省庁のキャリアという立場上、こういった秘密の行動には極力注意を払っていた。

クラブに通いはじめた当初、蓮見は決まって麻矢を指名していたが、そのうちほかの女王様ともプレイするようになった。

蓮見の場合、鞭打たれるような強い痛みを伴うハードなプレイは、もともと好みではなかった。女王様から言葉や手や足を使って蔑《さげす》まれたりなぶられたりするのが好きで、なかでも一番好きなのは、女のむっちりとした尻を使って責められることだった。

蓮見には〝尻フェチ〟というべきこだわりがあり、自分の顔に女の豊かな尻を乗せられているだけで興奮と快感に酔いしれて、射精してしまいそうになるほどだった。

ところがそのうち、プレイの楽しみ方が変わってきた。Mプレイだけでなく、Sプレイも楽しむようになったのだ。

どうするかというと、最初は女王様にいじめられて、つぎには立場を替えて蓮見が女を責めなぶるのである。

どうしてそんなことになったか、蓮見自身わかっていた。仕事上ストレスが溜まることが多くなっていて、そのせいだった。

Mプレイをしているときは持ち前のマゾヒスティックな願望が満たされ、一転してSプレイになるとストレスを発散することができた。

ただ、こういう〝逆転プレイ〟は、Mプレイ専門の女とはできるが、Sプレイ専門の女、つまり女王様役専門の女とはできない。

麻矢は女王様役専門だったので、蓮見は彼女と〝逆転プレイ〟をしたことはなかった。

2

濃紺のボクサーパンツだけになったとき、パンツの前は早くも盛り上がっていた。

このところ勃起力の衰えを感じるようになってきている蓮見にしては、珍しいことだった。

麻矢は、服を脱いでいく蓮見を蔑むような眼で見たり、挑発するような眼で見たりしながら、四十歳をすぎてもみごとな脚線美を誇っている脚をなんども組み直していた。それも大きく持ち上げるようにして。

そのため、膝丈のタイトスカートはずれ上がり、いまや過不足なく肉がついている太腿の付け根あたりまで露出している。

蓮見の眼に触れているのは、その太腿だけではない。太腿の中程までの黒いストッキングと、それを吊っている同じく黒いガーターベルトのストラップだ。

蓮見には、麻矢が故意にそうして見せつけているとわかっていた。

「あら、もう硬くなってるの？」

麻矢が蓮見のパンツの前を見て、いま初めて気づいたかのようにいった。

西洋人的な美形の顔に浮かんでいる冷笑に、蓮見はゾクゾクしながら、

「すみません」

と謝ると、ひざまずいた。

反対に麻矢が椅子から立ち上がった。バッグを手にすると、なにやら取り出した。――手錠だ。

麻矢は蓮見の後ろにきて、両手を背中にまわすよう命じた。蓮見が従うと、両手に手錠をかけた。そしてまた蓮見の前に立つと、彼を見下ろして、見せつける

ようにして服を脱ぎはじめた。

麻矢はカジュアルな感じのしゃれたスーツを着ていた。

そのようすは、風俗関係の仕事をしている感じはなく、セレブな人妻を想わせる。

これは麻矢自身に備わっている気質と雰囲気からくるものだった。

麻矢は二十代の終わりの頃から自分で『ラビリンス』という名のＳＭクラブを経営しはじめた。バイトが本業になったのだ。

もっとも、三十代の半ば頃から、それまでやめていた絵を描くことを再開し、いまやそこそこ知られた『如月忍《きさらぎしのぶ》』という名の洋画家としても活躍して、定期的に個展を開いている。

一方、『ラビリンス』は完全会員制の秘密クラブで、麻矢には経営者としての才覚もあって、順調にいっている。

それというのも、会員は社会的なステイタスがある男たちにかぎり、新しく会員になるには会員の紹介が必要というシステムをとっていて、クラブに所属する女たちはみんな、麻矢の眼に叶った女子大生かＯＬで、この秘密保持と女たちのクオリティの高さが会員たちに受けているのだ。

麻矢の話では、会員の九割ちかくがMプレイを求める客で、したがって所属する女もほとんどが女王様プレイ専門だという。そのため人手不足の心配はないらしい。彼女たちにとってはセックスしなくてもいい小遣い稼ぎになる。

その話を聞いたとき、蓮見は思ったものだ。

――俺の場合は、気がついたときはマゾヒスティックな願望が生まれてきていたという感じだけど、社会的に地位も金も力も、それに女も得て、それなりに満たされている男がより刺戟的なセックスで求めるとしたら、現実とは真逆の、女から蔑まれ虐げられる遊びに走るケースも、ままあるのかもしれない。

そこを麻矢は巧みに突いて、ビジネスにしているのだった。

麻矢がスーツにつづいて黒いビスチェを脱ぐと、蓮見が予想していたとおりの煽情的なスタイルの下着姿が現れた。

黒いブラにショーツ。それに同じく黒いガーターベルトにストッキング。下着は総レースの豪華なもので、ショーツはおそらくTバックのはずだ。そして足元には、黒いピンヒールのパンプス……。

麻矢はもともとパーフェクトなプロポーションをしていたが、いまもそれをほぼ維持している。

ほぼというのは、さすがにウエストのあたり、くびれが目立っていた頃に比べると肉がついてきているからだが、それでもCカップのバストと九十センチを超えるヒップは健在だ。

その下着姿を見ているうちに、蓮見の欲棒は硬度を増してきていた。

ふと、妻の沙耶香が麻矢と同じ下着をつけているところを想像していたからだった。

「なあに、ずいぶん興奮した顔してるみたいだけど、早くいじめてほしくてたまらないの」

麻矢が揶揄するような笑み浮かべて訊きながら、椅子に腰を下ろす。

「あら、顔だけじゃないわ。こっちもますます硬くなってる。どうして？」

パンツの盛り上りに気づき、それをピンヒールで弄んだり、靴裏の先のほうで押し揉んだりする。

「ウウッ……久しぶりに、麻矢女王様の下着姿を拝見したら、興奮してしまいました」

蓮見は快い疼痛に顔を歪め、腰をもじつかせながら、うわずった声で答えた。

「で、どうしたいの？」

「麻矢女王様のヒップに、頬ずりさせてください」

「ふふ、エリート官僚が〝尻フェチ〟の変態だなんて、困ったものだわね」

麻矢は嘲笑《あざわら》っていうと、蓮見に背中を向けてヒップを突き出した。

ショーツは案の定Tバックで、その紐とガーターベルトのストラップがあるだけの、まろやかな白い尻がむき出しだ。

蓮見は亀のように首を伸ばすと、その尻に顔をうずめた。

ひんやりとした感触とむちっとした肉感にゾクゾクしながら、尻に顔をこすりつけたり頬ずりしたりしていると、被虐的な興奮と一緒にめまいがするような快い陶酔に襲われる。

「なによ、そのいやらしい舌は。舐めていいなんていってないわよ！」

突然、麻矢の叱責が飛んできた。

ただ尻に触れているだけでは物足りなくなって、蓮見は舐めまわしていたのだ。

「すみません」

「勝手な真似をした罰として、お仕置きしてあげるわ。そこに仰向けになりなさい」

「はい」

向き直った麻矢に命じられて、蓮見は嬉々として従う。

「お仕置きされるのが、そんなに嬉しいの」

麻矢は蓮見を見下ろすと、蔑むような眼つきで訊く。

「はい、麻矢女王様のお仕置きですから」

「調子のいいことといって。ほかの女王様にも同じようにいってるんでしょ」

麻矢は椅子の背もたれにつかまると、片方のピンヒールを蓮見のパンツに引っかけてずり下げていく。

蓮見は自分から腰を浮かせて脱がされやすくした。

パンツがずり下がって、肉棒が弾んで露出した。

「奥様とセックスするときはどうなの、いつもこんなになってるの」

蓮見の腰の横にしゃがみ込んだ麻矢が、指先で肉棒をつまんで揺すりながら訊く。

「ここまでは、ちょっと……とくに最近、勃ちがわるくなって……」

「奥様、何歳だったかしら」

「三十八です」

「おまえのコレがそんなんで、女ざかりの奥様は満足してるの？」

「妻は、セックスに夢中になるほうではないので、わたしとしては不満はないだろうと思っているんですけど、正直なところ、わかりません」

蓮見は声がうわずった。麻矢の手が強張りを巧みにくすぐりたてるようにしごいているのだ。

「セックスに夢中にならないっていうけど、それはおまえのせいでしょ。奥様、絶対不満に思ってるわよ」

いいながら麻矢が蓮見の顔にまたがってきた。

麻矢は陰毛をきれいに脱毛している。割れ目にTバックが食い込んでいる生々しい眺めを、蓮見が胸をときめかせながら見上げていると、

「どうして勃ちがわるくなったか、想像はつくわ。若い奥様がいてもうちのクラブを利用してるくらいだから、奥様に顔面騎乗なんて頼めない、そのせいでしょ？」

蓮見はうなずいた。

「なぜ頼めないの？」

「それは……」

「変態だと思われるのを恐れてでしょ？」

麻矢にズバリといわれて、また蓮見はうなずいた。

「悩みってそのこと？」

「はい」

蓮見が答えると同時に麻矢が腰を落としてきた。

麻矢の股間が、蓮見の顔に密着した。

「ウウッ……」

秘部と尻の割れ目で鼻と口をふさがれて、蓮見は呻《うめ》いた。麻矢のそこから鼻腔に、官能的な香水の匂いが押し寄せてくる。

『ああ、顔の上に麻矢女王様の尻が……』

興奮と陶酔感で、頭がクラクラする。

ペニスにどっと熱い血が押し寄せてきて、さらに硬直する。

「それは残念だわね。おまえって、女性に顔面騎乗してもらえば、いまみたいにビンビンになっちゃうのに」

振り向いて蓮見のペニスを見たらしく、麻矢が腰を微妙にうごめかせながらいった。

蓮見は息苦しさに耐えかねて口を開け、呼吸をすると同時に麻矢の股間を舐めまわした。

「なによそれ!?　いやらしい奴隷ね！」

麻矢がなじる口調でいった。だが声がうわずっている。蓮見の舌の動きに、明らかに感じているようすだ。

――と、蓮見の顔にまたがったまま、麻矢が軀の向きを変えた。蓮見の足のほうを向いたのだ。

麻矢の両手の指が、蓮見の乳首をつまんでこねる。

甘美な疼痛に襲われて、蓮見は呻いた。ひとりでに怒張がヒクつく。

その怒張に麻矢が指をからめてきて弄《もてあそ》び、そしてしごく。同時に股間を蓮見の顔にグイグイすりつけてくる。

「はしたない奴隷ねえ。顔面騎乗されているだけで、こんなに硬くなってヒクヒクさせてるなんて」

麻矢がうわずった声でいう。さっきよりも興奮している感じが声ににじんでいる。

蓮見は息苦しさに襲われながら、夢中で鼻と舌を使ってTバックを横にずらし、割れ目に這わせた。

とたんにビクッと、麻矢が腰を弾ませた。

蓮見の舌は、濡れを感じ取っていた。それもおびただしい濡れだった。

そのぬかるんでいる割れ目に、蓮見は舌を使った。クリトリスのあたりをこすりたて、膣口をこねまわす。

麻矢がたまらなさそうに腰を律動させせる。だが女王様としての威厳を保とうとしているのだろう、声を必死にこらえているようすで、かすかに息遣いだけが蓮見の耳に聞こえる。

蓮見は膣口に舌を挿し入れた。その瞬間、

「アウッ――!」

麻矢がふるえをおびたような声を発して腰をわななかせた。

ついで、蓮見の上から下りた。そして、怒張を手でしごきながら、

「あなたもストレスが溜まってるようだけど、わたしもちょうどそうなの。これを味わわせてもらうわよ」

思わず蓮見が見とれたほど、欲情して凄艶な表情でいう。

「もちろんいいけど、ということはセフレと別れたのか」

蓮見がふだんの言葉づかいにもどって訊くと、麻矢は苦笑いしてうなずき、

「半年くらい前……」

といいながら、怒張にまたがってきた。

麻矢には途切れることなくセフレがいて、蓮見の知るかぎり、これまで半年もいなかったことはない。

「半年もセフレがいないなんて、めずらしいな。じゃあ相当ストレスが溜まってるだろう」

驚いている蓮見に、麻矢は怒張を手にして割れ目にこすりつけながら艶かしい笑みを投げかけると、悩ましい表情を浮かべた。怒張をくわえ込んだのだ。

怒張が蜜壺に呑み込まれていく。腰を落としきると、麻矢は苦悶の表情を浮きたて、女王様らしく、責めたてるように腰を使いはじめた。

だが、その口から洩れる声は、快感によがり泣く女のそれだ。

そんな麻矢の腰使いと声に煽られて、蓮見も快感に引き込まれていった。

蓮見にとって、麻矢とセックスするのは、これが初めてではなかった。〝逆転プレイ〟をしたことはなかったが、いまのように女王様プレイの流れで、これまで数回したことがあった。

麻矢の女の器官は、なかなかの名器だった。

その名器に怒張をしごかれながら、蓮見は妻の沙耶香のそこを想っていた。沙耶香のそこは、麻矢以上の名器なのだった。

3

フランス料理の一つ星レストランで結婚記念日を祝って、都心のタワーマンションにある自宅にもどってくると、午後十時をまわっていた。

蓮見悠一郎と沙耶香は、結婚してまる三年になる。

おたがいに超がつくほど多忙なため、結婚記念日を祝ったのは、この夜が初めてだった。

そもそもふたりでディナーを楽しむこと自体、結婚して以来、数えるほどしかなかった。

夫の蓮見悠一郎はZ省のキャリアで、局長のポストについていて、妻の沙耶香は政権与党民自党の議員である。

ふたりの結婚は、マスコミのみならず世間でも大いに騒がれた。

エリートカップルというだけではなかった。

結婚時、蓮見は五十二歳、沙耶香は三十五歳。十七歳という歳の差婚にくわえて、沙耶香が女優顔負けの美人であるうえに、議員としての評価も高い才媛だったからだ。

しかも蓮見は再婚で、沙耶香は初婚だった。

ふたりを乗せて上昇するエレベーターの中で、蓮見は妻の横顔を見て、あらためて思った。

——きれいだ……。

沙耶香は整った顔だちをしていて、男から見ると、平素は凛として近寄りがたい雰囲気を漂わせている。

それが食事中に飲んだワインのせいで、うっすらと靄がかかったような穏やかさが顔に表れて、そこはかとない色っぽさを感じさせるのだ。

そんな妻を見て、蓮見の気持ちはますます昂ってきていた。

それもたぶんに、数日前の麻矢の言葉に影響されてのことだった。

久しぶりに麻矢と逢い、女王様プレイからセックスにおよんだあと、蓮見は麻矢に妻とのセックスについての悩みを打ち明けた。

もっとも、その前に麻矢は察していたらしい。プレイ中にもいっていたが、事実、蓮見は自分のマゾヒスティックな願望を妻に打ち明けることができなくて悩んでいたのだ。

どうしてできないか。それは麻矢にいわれたとおり、変態と思われてきらわれるのを恐れているからだった。

そのことで、蓮見にはトラウマのようになっていることがあった。

亡き妻と結婚したての頃、蓮見は戯れを装ってマゾプレイに妻を誘い込もうとしたことがあった。それもできるだけ慎重に……。

ただ妻は、ことセックスに関して極度に羞恥心が強く、蓮見と軀の関係ができてからもそれは変わらなかった。

そのいい例として、自分が上になるシックスナインを恥ずかしいといっていやがり、どうしても応じなかった。

女上位のシックスナインに応じてくれれば、そのまま顔面騎乗にもっていけるのに……蓮見はそう思ったが、それは叶わなかった。

そこで、考えた。女性上位の体位で行為をして、妻の興奮が高まったところで行為を中断し、欲情した状態にしておいて、そのまま蓮見が軀をずらして妻の股間に顔を埋め、顔面騎乗にもっていく。

そして、それを実行してみたのだ。

ところが結果は最悪なものになった。亡き妻は一気に興奮が醒めてしまったかのようになって、それでも蓮見がなんとか説得して顔面騎乗をつづけさせようとすると、

「やめてッ、こんないやらしいことといやッ。変態みたいなことやめてッ」

と、本気でいやがった。

そればかりか、そんなことがあってから一カ月ほど夫婦関係がギクシャクして、その間夜の営みも途絶える羽目になった。

羞恥心が強いという点では、再婚した沙耶香も引けを取らない。

それも、ただ羞恥心が強いというだけなら問題はない。それはむしろ男にとって欲情を煽られる要素の一つでもある。

ところがこの二人の妻の場合は、そうではない。羞恥心ばかりか、それ以上に自制心が異常なほど強いとしか思えないのだ。

それというのも、セックスで絶頂を迎えたときでさえ、我を忘れて乱れるというようなことがないからだった。

そういうところは、沙耶香のほうが亡くなった妻よりも顕著だ。

ただ、だからといってそこまで興奮と快感のボルテージが上がっていないかというと、蓮見の見るかぎり、そういうわけではないことは断言できる。

沙耶香は達したとき、「イクッ」と一言いって軀をわななかせたり腰を律動させたりする。

女は男とちがっていくらでも演技ができるとはいえ、沙耶香のそれがそうとはとても思えない。

オルガスムスが近づくにつれて膣の潤みが増し、収縮と弛緩のテンポが速まってヒクヒクしてきて、達した瞬間、ペニスを締めつけてくわえ込むのだ。

さらに達したあとの沙耶香は、すぐには動けない状態に陥るのである。

そういうことを総合して、演技などあり得ないと蓮見は確信していた。

蓮見にとって、妻の沙耶香はかけがえのない存在である。若さといい美貌といい、それに知性といい、最高の女だと思っている。

そして、そんな女を妻にすることができて、心底、これ以上の幸せはないと思っている。

ただそのぶん、沙耶香に対して遠慮がちになってしまうところがある。なにより真っ先に、嫌われたくないという強い気持ちがあるからだった。

それでいて、そんな妻だからこそ、切望してやまないことがある。

──おたがいが精神的にも裸になれる、またなるべきセックスにおいて、妻にすべてをさらけ出してほしい。そして、俺の願望を理解して受け入れてほしい。

ところがそのどちらも叶えられていない、というのが現状だった。

そのため、蓮見はしばしば愚痴るのだ。

──俺はなんで、揃いも揃ってこういう女と結婚したんだろう。

もっとも蓮見自身、その理由がわからなくもなかった。

二人の妻に共通しているのは、プライドが高く、男を寄せつけないような毅然としたところがあるという点である。

マゾヒスティックな願望を持っている蓮見にとって、それはたまらない魅力であった。

「そうね、その気持ち、わからなくはないわ」

蓮見の話を聞いていた麻矢は、そういうと、

「でも悩みを解決するとしたら、方法は二つしかないと思うわ。男と女って、おたがいに性的な嗜好が合ってれば問題ないけど、そうじゃない場合はむずかしいんじゃないかしら。それも特に夫婦の場合は。わたしなんかがよく聞く話として

は、既婚のお客さんはほぼ百パーセント、自分の趣味は奥さんに内緒にしてるパターンだけど、一つはそうやってプレイを楽しむか、そうじゃなくて蓮見さんみたいに奥さんとそうしたいって人は、調教するしかないんじゃない？」

「調教!?」

思いがけない言葉が出てきて、蓮見は驚いて訊き返した。

「そう。蓮見さんが理想とする女性に、奥さんを調教していくの」

麻矢は事も無げにいった。

「これはよくいわれることだけど、人はだれでも多かれ少なかれSッ気とMッ気の両方を持ち合わせているっていうでしょ。蓮見さんの奥さんがどっちかわからないけど、それを探ってみる手はあるんじゃない？　それに蓮見さんの場合、Mプレイも Sプレイも楽しめるんだから、どっちだっていいわけだし、奥さんの性向がわかったら、そこから徐々に調教していけば、うまくいくかもよ」

麻矢がいっていることの意味はわかったものの、蓮見にとっては考えてもみなかったことだけに、唖然茫然としていた。

「だけど、探ってみるって、どうやって？」

蓮見は訊いた。

すると麻矢は、彼女の中に快感を解き放って萎えている蓮見の分身を手で弄びながら、

「例えば、フェラチオとか女性上位の体位とか、蓮見さんが受け身になるような行為のとき、蓮見さんからもっとこうしてほしいってリクエストして、上手に奥さんをいやらしい状態に誘導したり、反対に蓮見さんが攻めるときはいままでよりも少し強めに刺戟したり強引に出たりして、奥さんの反応を見るの。それでよく注意して見てれば、奥さんの性向はかなりわかると思うわよ」

そういうと、意味ありげな笑みを浮かべて、

「それにわたし、奥さんとは実際に会ったことはないけど、テレビなんかで拝見してて思ったことがあるの。奥さんて気の強さがおありのようだけど、だからといってそういう女性がSかっていうと、必ずしもそうじゃない。見た目とは正反対のこともままあるっていうのが性の世界だから、奥さんの場合だってわからないって」

「え!? マゾッ気があるかもしれないって？」

蓮見が唖然として訊くと、麻矢は妖しい笑みを浮かべてうなずいた。

――マゾッ気なんて、沙耶香にあるはずがない……。

そう思って蓮見は内心一笑に付しただけで、それを口には出さなかった。

それよりも頭から離れないことがあった。——「調教」という言葉だった。

——沙耶香を調教するなんて、どう考えても無理だ……。

蓮見としてはそうとしか思えなかった。

ところがここ数日、麻矢の言葉を思い返しているうちに、『調教なんて、ホントにできるだろうか』に変わり、さらに『試してみる価値はあるかもしれない』という積極的なものになってきたのだ。

それも、結局は、なにより妻の沙耶香のことを愛してやまないからであり、セックスでもその妻と思いきり楽しみたいからだった。

4

「あなた、お水は？」

自宅に入ると、沙耶香はスーツの上着を脱いでリビングルームのソファの上に置いてそういいながらキッチンに向かった。

「ああ、もらうよ」

蓮見も上着を脱いだ。そしてキッチンにいった。

ふたりはミネラルウォーターを飲んだ。沙耶香が蓮見の手から空になったグラスを取ると、

「あなた、先にシャワーを浴びてらして」

そういってシンクに二つのグラスを置く。

妻の後ろから、タイトスカートの形よく張ったヒップを見て、蓮見は烈しく欲情した。

「シャワーはあとでいいよ」

いうなり後ろから沙耶香を抱きしめた。

「アッ、急になに⁉」

沙耶香は驚きの声をあげた。

かまわず蓮見はブラウス越しに乳房を両手にとらえ、揉みたてた。

「一体どうしたの⁉　だめよッ、やめてッ」

沙耶香はひどく戸惑っている。

「せっかくの結婚記念日なんだし、ちょっとぐらい刺戟的なことをして楽しむのもいいんじゃないか」

「そんな、なにいってるの。いやッ、やめてッ」
蓮見が乳房を揉みしだいているせいで、沙耶香の声はうわずっている。
いやがりながらも性感をかきたてられてか、むちっとしたヒップがうごめいて
蓮見の股間をくすぐる。
蓮見はすぐに我慢できなくなり、ひざまずくと妻の腰を両手で抱きかかえ、思
いきってヒップに顔をうずめた。
「やだッ、いやッ」
沙耶香がうろたえた声をあげてヒップを振りたてようとする。
その重たげに張っているヒップに、蓮見は顔をこすりつける。
こんなことをするのは初めてのことだ。これだけでめまいがするような興奮と
歓びに襲われて、喘ぎそうになる。
「いやッ、あなた、どうしたの!? やめてッ、だめだってば!」
沙耶香が狼狽しきって、蓮見の行為を必死に拒もうとする。
だが蓮見ががっちり腰を抱えているため、軀をくねらせることしかできない。
いつもなら、妻にいやがられると無理強いはしない蓮見だが、今夜はちがった。
いきなりタイトスカートを腰の上まで引き上げた。

「そんなァ、だめッ——！」

肌色のパンストの下に白いレースのショーツが透けて見えているヒップを、妻がうろたえた声と一緒に必死の感じで振る。

蓮見はためらった。

——沙耶香は本気でいやがっている。これ以上のことをしたら、怒りだすかもしれない。

そう思ったら、ためらいが怯む気持ちに変わった。

だがそのとき、麻矢の言葉が脳裏に浮かんだ。

『少し強引に出たりして奥さんの反応を見るの』

その言葉にけしかけられて、蓮見は両手をパンストにかけるとショーツごとずり下げた。

ブルンと弾む感じで、白い裸の尻が露出した。

その瞬間、沙耶香は息を呑んだような反応を見せた。予期せぬことにショックを受けて言葉を失ったかのように、声もない。

目の前のまろやかな尻に、蓮見は勇気をふるって顔を押しつけた。

「アッ、だめッ、いやッ」

驚き、狼狽した声を放って、沙耶香は必死に腰を振って逃れようとする。

初めて妻の尻に顔をうずめている蓮見は、めくるめく快感に酔いながら、

『このまま、ぼくの顔に尻を乗せてくれ』

思いきってそういおうと思った。すると、

「いやッ。あなた、ヘンなことしないでッ、やめてッ！」

沙耶香がたまりかねたようにいった。

蓮見はいきなり冷水を浴びせられたような気持ちになった。「変態みたいなことしないで」といわれたような気がしたのだ。

一瞬にして蓮見は願望を口にすることはできなくなってしまった。

ただとっさに、この状態で行為をやめるわけにはいかないと思った。

——そんなことをすれば、気まずさだけが残ってしまう。尻に顔をうずめてるからヘンに思われたのだ。だったら、前からクンニして沙耶香を感じさせてみよう……。

蓮見は妻の腰を半回転させて自分のほうを向かせた。

「いやッ」

沙耶香が両手で隠そうとするより先に、蓮見が下腹部に顔をうずめていた。

ザラッとした陰毛と、こんもりと盛り上がった恥丘の感触——。

蓮見は両手で妻の太腿を強引に拡げると、口を股間に押しつけた。

ヌメッとした粘膜が口に触れた。

舌を割れ目に差し入れ、そこを舌で上下にこすりたてた。

「アアッ——!」

沙耶香はうわずった声を発した。ひどくうろたえた感じの声だ。

「だめッ、あなた、いやッ……」

必死に蓮見の舌から逃れようとするように腰をうごめかせながら、息せききっていやがる。

蓮見はいつになく攻めたてた。クリトリスに当たりをつけて、そこを舌で弾き、膣口をこねた。それを繰り返す。

沙耶香は懸命に声をこらえているようすだ。

これはいまだけのことではない。癖なのかどうか、妻はいつも声をこらえようとする。感じていないわけではなく、こらえきれなくなったら出すのだが、そのぶん感じ入ったような声を出すかといえばそうではない。そのときも極力抑えた感じの声を出す。

それは絶頂に達したときもそうで、なりふりかまわず、というような反応は見せない。

そんな妻を見ていると、感じて乱れることをいやがって、なんとしてもそうならないようにしているとしか、蓮見には思えない。

「自分を抑えないで、感じたままを表に出して乱れていいんだよ。そういう沙耶香をぼくは見たいんだ。見たらますます好きになるから」

セックスのあとのベッドの中で、蓮見はなんどかそういう意味のことを沙耶香にいったことがある。

するとと沙耶香は、いちどだけ、

「でも、これがわたしなの」

と、議員として党内屈指の論客といわれている彼女らしくない、歯切れのわるい口調でつぶやくようにいった。

あとはただ微苦笑するだけで、なにもいわなかった。

そのため、どうしてそうなのか、蓮見には不可解なままだった。

こらえきれなくなったように、沙耶香がきれぎれに声を洩らしはじめた。

5

蓮見の舌は膨れ上がっているクリトリスをとらえてこねまわしていた。

「ウッ……アッ……ウンッ……アンッ……」

短い妻の声がしだいに艶めいてくる。同時に切迫した感じにもなっている。快感が高まってきているのは明らかだ。

そのとき、蓮見の顎が密着している膣口がピクピク痙攣しはじめた。

イク前触れだった。

沙耶香が蓮見の頭を両手で抱え込んだ。

蓮見は肉芽を舌で強くこすりたてた。

「だめッ、イクッ――!」

呻くような声を洩らして妻が腰を律動させ、軀をわななかせた。

蓮見は立ち上がった。

沙耶香はうつむいて肩で息をしている。流し台にもたれ、その縁に両手でつかまっている。そうしていないと立っていられないようすだ。

足元に下着とスカートが落ちて、下半身にはなにもつけていない状態だがブラウスの裾で下腹部は隠れている。

それでも、その乱れた姿が蓮見の劣情をかきたてた。

それよりも蓮見は驚いた。うつむいて息を弾ませている妻が、一瞬見間違いかと思ったほど、昂って凄艶な表情をしているのだ。

──沙耶香も、キッチンが刺戟になったのかもしれない。

これまでのことを思うとにわかに信じがたい反応だが、蓮見は胸を弾ませて妻を抱きしめた。

唇を奪って舌を差し入れていくと、沙耶香は小さく呻いた。だがされるままになって、蓮見がからめていく舌に、おずおず舌をからめてきた。

蓮見はまだズボンを穿いていた。キスをつづけると同時に手早くベルトを弛めながら、ここまでの妻の反応に勢いを得て刺戟的な行為を思った。

──ひざまずいた格好でフェラチオさせようとしたら、どうだろう。そんな屈辱的なことはできないといっていやがるだろうか。

これまでの蓮見だったら、そう思った時点でやめるところだが、今夜は〝ダメ元〟でやってみようという気になった。

ズボンとパンツを脱ぎ下ろすと、蓮見は妻の肩に両手をかけてかるく押さえた。沙耶香はくずおれるような感じでひざまずいた格好になった。そして、蓮見のペニスを眼にしたとたん、うろたえた表情で顔をそむけた。

「こんどは沙耶香が口でしてくれ」

蓮見が求めると、

「そんな……こんなの、いや」

沙耶香は顔をそむけたまいった。強い口調ではなく、弱々しい声だった。

それに、眼をつむっているその顔に浮かんでいるのは、どちらかというとおぞましさよりも昂りの色のほうが強い感じだ。

蓮見は強張りを手にすると、ここでも妻の反応に力を得て、思いきって亀頭を沙耶香の唇に触れさせた。

ハッとしたように、沙耶香は眼を開けた。顔を引いてそむけた。

「さ、してくれ沙耶香」

蓮見は再度求め、また亀頭を唇に当てた。

「い、いや」

こんどはおぞましそうな表情と声で、沙耶香はいった。その唇の動きが亀頭をくすぐった。

ただ、両手は自由なのだから拒もうと思えば拒むことはできるのにそうせず、亀頭が唇に触れたままにしている。

「ほら、舐めて」

「いや」

蓮見にやっと聞こえた小声でいうと、沙耶香は眼をつむった。

つぎの瞬間、蓮見は眼を見張った。沙耶香が舌を覗かせて、おずおず亀頭に触れさせてきたのだ。

「いいぞ、沙耶香。ぼくを気持ちよくしてくれ」

蓮見は興奮していった。声がうわずっていた。

ウフン、と沙耶香は鼻にかかった声を洩らした。けしかけられて『いや』といったのかもしれないが、蓮見にはゾクッとするほど艶かしく聞こえた。沙耶香の舌で亀頭をくすぐられて、軀がふるえそうになっているせいもあった。

蓮見は黙って沙耶香を見下ろしていた。興奮のあまり言葉を失っていた、といったほうがいい。

それもただの興奮ではなかった。妻が前にひざまずいて、フェラチオに応じているのだ。しかも下半身なにもつけていない格好で、寝室でなくキッチンで……。

蓮見にとって、すべて初めての経験だった。こんな支配的な形でのフェラチオも、場違いな場所での行為も。

そのため、サディスティックなものと凌辱的なものが入り混じった興奮をおぼえていた。

最初おずおず亀頭に触れてきた妻の舌が、いまは蛇の頭のように膨れているそれにからんできている。といっても舐めまわすというのではなく、ためらいが感じられる舌の動きだ。

ただ、その表情におぞましそうな感じはない。それどころか昂りのような色が浮かんでいる。

妻が亀頭に唇をかぶせてきて怒張をくわえると、ゆっくり顔を振りはじめた。

肉茎が妻の口腔粘膜でしごかれる。

「ああ沙耶香、いいよ、すごく気持ちいいよ」

妻を煽るべく、蓮見は快感を訴えた。

沙耶香は眼をつむって顔を振りつづけている。

セックスすべてにおいていえることだが、妻のフェラチオも上手とはいえない。蓮見からすると、舐めるにしてもくわえてしごくにしても、もっと巧みに、はっきりいえばいやらしく貪婪《どんらん》にしてほしいのだが、妻の場合は終始単調で、情熱的になったり夢中になったりすることはない。

そんな妻を見ていて蓮見が思ったことは、妻はセックスで乱れることを極力抑えようとしているのではないか、ということだった。

なぜそうなのか、プライドが邪魔をするのか、それともほかになにか理由があるのか、それがわからないのだった。

それでも今夜の蓮見は、いままでにないほど興奮していた。支配的なフェラチオのせいだった。

そのとき、刺戟的なシーンが頭に浮かんできた。

蓮見が仰向けに寝て、妻に顔をまたがらせて腰を落とさせる。

――だけど、きっと妻はいやがる。それも本気で。ここでそんなことになったら、元も子もない。

そう思ったらいつもの遠慮が出てきて、蓮見はそれをあきらめ、妻を抱いて立たせた。

妻の表情は美貌が冴えて、明らかに興奮しているそれだった。

「もう我慢できないよ。ほら、そこにつかまって」

蓮見は妻を後ろ向きにした。

「いや、こんなの」

沙耶香はそういいながらもされるままになった。

蓮見は妻のブラウスを腰の上にめくり上げると、

「さ、尻を突き出して」

といって腰を引き寄せた。

その拍子に沙耶香は流し台につかまって、

「そんなッ、いやッ」

と、尻を振った。だが尻は突き出したままだ。

そのむっちりとした白い尻に、蓮見はサディスティックな欲情をかきたてられて、怒張を手にすると、それで妻の尻の割れ目をまさぐった。

「いやッ、だめッ……」

沙耶香が息せききっていって、尻を振りたてる。

怒張は生々しい感触をとらえていた。驚くほど濡れてヌルヌルしている肉襞と粘膜の感触だ。

それで亀頭がくすぐられる。蓮見は女芯を探り当てると、押し入った。

「アウッ——!」

沙耶香が呻いてのけぞった。

蓮見が一気に奥まで突き入ってじっとしていると、蜜壺がジワーッと怒張を締めつけてきた。それも入口から奥に向かって徐々に移動しながら。

しかも沙耶香のそこは、入口に近い部分の周囲に微細な襞があって、それで怒張がくすぐりたてられるのだ。

蓮見のほうがじっとしていられなくなって腰を使いはじめると、

「アッ……ウッ……アンッ……ウンッ……」

沙耶香がきれぎれに苦しそうな声を洩らす。

感じているとわかる声なのだが、必死に声をこらえている感じなので苦しげに聞こえるのだ。

「沙耶香、我慢しなくていいんだよ。感じたまま、声に出してごらん」

蓮見は両手で妻の腰をつかんで怒張を抽送しながらいった。

だが妻の反応はほとんど変わらない。こらえた感じの声にわずかに泣くような響きがこもるだけだ。

いくら名器でも、この状態で行為をつづけていると、蓮見としてはモチベーションが下がってきて、分身が勢いを失ってしまう。

くわえて蓮見の場合、年齢的なこともあって勃ちがわるくなっている。そればかりか、ときに〝中折れ〟になったり、勃ったと思ったら我慢がきかなくて早々に果ててしまったりという情けない状態に陥ったりすることもある。

蓮見は考えていた。

そんなことも、願望が満たされさえすれば、解消できる、と。

だが、いまそれは叶わない。情けない状態に陥る前に妻を絶頂に追いやるべく、蓮見は激しく腰を使った。怒張が名器でしごきたてられる快感に対して、こらえを捨てて。

沙耶香の声と息遣いが切迫してきた。これもイク前兆だった。

「だめッ」

妻がいった。蓮見は子宮を目指して突き入った。

「イクッ――!」

くぐもった声を洩らして妻が軀をわななかせる。同時に蓮見も快感を解き放った。

6

——前から思ってたことだけど、セックスに関係することで、夫はわたしになにか隠している。隠しているという言い方が正しいかどうかわからないけれど、セックスしていてわたし自身なんども思ったのは、ほかに自分のしたいことがあるんじゃないかってこと。そんな感じがしてそう思ったんだけど、それがなにかはわからない。ただ、昨日の夫はいつもとちがっていた……。

議員会館の自分の部屋で、蓮見沙耶香は回転椅子を窓の方に向けて外を眺めながら、夫とのセックスのことを考えていた。

窓の外には、沙耶香が考えていることとは対照的な、青く澄みきった秋空がひろがっている。

昼間からこんなことを考えだしたのは、その昨夜の夫とのセックスを思い出したからだった。

結婚記念日を祝って帰宅した際、キッチンで夫からいきなりと求められたとき、沙耶香は驚き、ひどく戸惑った。そして、いやがった。

これまでそんなことをする夫ではなかった。それに沙耶香がいやがれば、決して無理強いはしない夫だった。

ところが昨夜はちがった。いままでになく強引に求めてきたばかりか、沙耶香の後ろにひざまずくと、スカートの上からヒップに顔をうずめてきたのだ。

その瞬間、『エッ!?』と、沙耶香は胸の中で驚きの声をあげた。ただの驚きではなかった。ショックに似たそれだった。そしてすぐ、

──まさか!

と、うろたえた。

だが夫の行為は、その『まさか』以外には考えられないものだった。沙耶香自身、ヒップに顔をうずめた夫がうっとりしているような感じを察知したからだ。

それだけではない。あろうことか、夫は沙耶香の下着を引き下ろすと、むき出しのヒップにも顔をうずめてきたのだ。

裸の尻に夫の顔を感じて、沙耶香は激しく動揺した。同時に倒錯した興奮が浮かんでいる夫の顔が脳裏をよぎって、強い口調でいやがった。

沙耶香にしたら、それで夫はヒップから顔を離すと思った。沙耶香がいやがることはしない夫だから。

ところが昨夜の夫はちがった。沙耶香の恥ずかしい部分に舌を差し入れてきて、舐めまわしはじめたのだ。

思いがけない夫の行為に、沙耶香はヒップに顔をうずめられたときとはちがう意味で狼狽させられた。

下半身を露出した格好で、秘部を舐めまわされたのだ。

だが本当のことをいえば、狼狽させられただけではなかった。

その恥ずかしい状態と行為に、興奮をかきたてられたのだ。

それでいて、沙耶香は夫の行為をいやがり、拒もうとした。しかも本気で。

なぜそういうことになるのか、沙耶香自身わかっていた。

興奮に任せると、自分が乱れてどうなるかわからず、それが怖いのだ。

ただ、そんな沙耶香の中には、ふたりの自分がいる。

乱れるのを恐れる自分と、できることなら乱れてみたいと思う自分だ。

沙耶香は、自分はすべてにおいてプライドが高いと自覚している。

だから乱れてみたいと思っても、自分からはそれはできない。

もしできるとしたら、夫から無理やりにそうさせられるしかない。

そう思っている。

ところが夫にそれを期待することはできそうにない。

夫は、沙耶香に対してやさしい。それもセックスの面だけでなく、ふだんの生活などすべてにおいてやさしく、沙耶香のいやがることは極力しないよう気を使ってくれている。

沙耶香自身そう感じて、夫から愛されているのを実感している。

ただ、沙耶香には、ちょっと気になっていることがあった。

それは、度がすぎるといってもいい夫のやさしさと気遣いだった。

沙耶香からすると、その裏には自分に対する夫の遠慮のようなものがあるのではないか、と思わざるをえないのだ。それもふたりの結婚に関係しているのではないか、と。

ふたりが結婚に至った経緯は、最初に夫のほうが沙耶香を好きになり、その熱烈なアプローチを沙耶香が受け入れた形だった。

もっとも流れだけでいえばそうだが、「先生」と呼ばれる女性議員と、仕える側の男性官僚との恋愛は、そう単純にいくものではない。ふたりの間には、キューピッドがいたのである。

ふたりの出会いは、Ｚ省の大臣室だった。そのときのＺ大臣、遠山周造《とおやましゅうぞう》の引きで、新しく副大臣になった沙耶香は、そこで遠山から蓮見を紹介されたのだ。

遠山周造はベテラン議員で、党の重鎮でもある。

そもそも沙耶香が議員になったのは、この遠山との出会いがきっかけだった。

そのとき民放テレビ局のアナウンサーだった沙耶香は、系列のＢＳ民放で、もっぱら政治ネタや世界情勢を取り上げる情報番組のキャスターをしていた。

こういう硬派の番組を女性が担当するのは珍しく、くわえてキャスターの魅力も相俟って、沙耶香の人気が高まり、番組もこの手の番組にしては想定外の視聴率を獲得していた。

民自党の重鎮、遠山周造との出会いは、その番組のインタビューだった。

翌日、遠山の秘書から沙耶香に電話がかかってきた。遠山が折入って話したいことがあるので会いたいといっている、というのだった。

話の内容がわからないまま、沙耶香は秘書から指定された神楽坂の料亭で遠山と会った。

すると遠山は、民自党から選挙に出馬しないか、と思いがけないことといったのだ。

沙耶香は唖然とした。とっさに返す言葉もなかった。

遠山はインタビューを受けた際、沙耶香のことがすっかり気に入ったらしい。

きみは政治家になる素質が充分ある、アナウンサーにしておくには惜しい、ぜひうちの党から出馬してほしい、面倒はすべてわたしが見る、そして必ず当選させる、などと熱い口調で沙耶香を口説いた。

沙耶香は困惑した。議員になるなど、もとより考えてみたこともなかった。

そこで、過大な評価に戸惑っている、それよりもいまの仕事にやり甲斐を感じているので誘いに応じることはできない、という意味のことを礼を失しない言い方でもって遠山で伝えた。

すると遠山は、「わかった」とうなずき、「それがいまのきみの気持ちだということはね。でもわたしはあきらめないよ」といってニヤリと笑った。

実際、それから遠山はたびたび食事に誘ってきた。それも政局がらみの話や政界の裏話などをちらつかせて。

沙耶香としてはいいネタがあれば取材したい。そのため、遠山の魂胆はわかっていても誘いに応じることになる。

それを繰り返しているうちに沙耶香自身、気持ちの中に変化が起きてきた。取材し報道する側ではなく、その反対の世界に身をおいて活動してみたい。つまりは政治家志向がめばえてきたのだ。

遠山の話に触発されたことは否めないが、それだけではなかった。ちょうどその頃、沙耶香は恋人との関係がうまくいかなくなって悩んでいた。

相手は外資系の金融会社のエリート社員だった。出会ったとき、彼は三十一歳、沙耶香は二十八で、それから二年ほど交際していた。

関係がうまくいかなくなった原因は、彼のニューヨーク本社への転任だった。彼は沙耶香と結婚してニューヨーク行きを望んだが、沙耶香としては仕事をやめてそうすることはできなかった。

結果的には、それでふたりは別れることになったのだ。

そのことも、思いきって未知の世界に飛び込んでみようと、沙耶香の背中を押したのだった。それに三十歳という年齢に決断を迫られた面もあった。

そして、その決意を遠山周造に伝えたのだ。遠山から政界進出をうながされて一年半ほど経っていた。

それからほぼ一年後、沙耶香は衆議院選挙に立候補して、みごと当選した。といっても、選挙の三種の神器といわれる『地盤、看板、カバン』のうち、知名度以外にはない沙耶香が、すんなり当選できるはずもない。比例代表名簿の上位に名前が挙げられていたからである。遠山周造の力が働いていたのは、いうまでもない。

遠山は約束を守る男だった。選挙だけでなく、「面倒はすべてわたしが見る」といっていたとおり、議員になってからもなにかと沙耶香に目をかけてくれた。議員になって三年目にしてZ省副大臣に任命されたのもそのひとつで、そのときの大臣は遠山だった。

そしてまたそのとき、大臣室で遠山から蓮見悠一郎を紹介されたのだ。

それから仕事で蓮見と顔を合わせるようになって、沙耶香はすぐに好感を持たれていることに気づいた。沙耶香も蓮見に対して最初から好印象も持っていた。

あるとき、仕事の合間の雑談から、ふたりとも独身だから食事が大変だという話になって、

「こんど、食事にいきましょうか」

と、沙耶香が誘ったことがあった。

沙耶香にとっては特に他意はなく、ただ軽い気持ちで誘ったのだが、そのときの蓮見の反応は沙耶香が啞然とするものだった。

「え!? 先生、よろしいんですか。あ、いえ、ぜひお供させてください」

驚きと興奮と歓びがつぎつぎにあふれ出てくるような表情で、声を弾ませてそういったのだ。

思わず沙耶香は笑ってしまった。

そんなことがあってから、ふたりはしばしば食事にいくようになった。

ただ、その関係は、交際している男女とか、ましてや恋人同士のそれではなかった。もっとも蓮見のほうにはそう思っているような感じが沙耶香にひしひしと伝わってきていたが、沙耶香自身はあくまで仕事の流れの付き合いとしか思っていなかった。

ところがそんなふたりの関係をどこから知ったのか、

「沙耶ちゃん、蓮見くんとちょくちょくデートしてるらしいな。彼のこと、どう思ってるんだ?」

と、遠山が唐突に訊いてきたのだ。

遠山とは、議員になって一年あまりすぎた頃から大先輩の恩人というだけではない、ちょっと変わった関係にもあって、それまで沙耶香の旧姓をくん付けで呼んでいたのが、「沙耶ちゃん」に変わっていた。それに沙耶香とふたりだけのときは、自分のことを「俺」というようになっていた。

沙耶香は驚き、当惑した。

「デートだなんて、そんなんじゃありません。蓮見さんのことは、官僚として優秀だと思っていますけど、恋愛感情とかは関係なく、食事しながらいろいろレクチャーしてもらって、わたしとしてはおおいに助かってるんです」

思いがけないことをいわれて当惑した沙耶香だが、すぐにその訳を察することができて、平静に本当のことをいった。

政界では地獄耳といわれ、多くの情報網を持っているらしい遠山のことだ、沙耶香の行動を調べる気になれば、いともたやすいはず。そう思ったのだ。

するとと遠山は、「そうか」とうなずき、

「俺もあの蓮見くんを買ってるんだよ。彼は仕事ができる優秀な男だ。それで考えてたんだよ。沙耶ちゃんの結婚相手として、彼は再婚でちょっと歳はいってるけど、そうわるい話ではないんじゃないかって。それに沙耶ちゃんもそろそろ結婚を考えてもいいんじゃないかって」

「そんな、先生、女性に向かってそんなことといったら問題ですよ」

沙耶香が苦笑まじりにたしなめると、

「おお、そうだな、ヤバイヤバイ」

遠山は笑って頭をかいた。そして、真顔になると、

「じつはな、沙耶香ちゃんにこの話をする前に、蓮見くんにきみのことをどう思っているか訊いてみたんだよ」

と、沙耶香の反応をうかがうように見ていった。

「え!? そうなんですか。で、蓮見さんは？」

意表を突かれた沙耶香は、思わず訊いた。

「一言でいえば、彼はきみにゾッコンだよ」

遠山はそういってつづけた。

「男というのは歳や経験に関係なく、どんな男でも多かれ少なかれ女よりも純なところがあるからな。もっとも、そんなバカなところがあるともいうがね。そのせいだろうな、女に惚れ込んだ男ってのは、同じ男からすると哀れに見えたりもするもんだ。あ、誤解しないでくれ。蓮見くんがそうだといってるんじゃない。俺から見て、それほど彼は沙耶香ちゃんに惚れ込んでいると思うということだ。

だから彼のこと、真剣に考えてみてやってくれないか」

遠山からそういわれると、沙耶香はその場ではっきりしたことがいえず、困惑の表情を浮かべてあいまいにうなずくことしかできなかった。

だがそれをきっかけに沙耶香と蓮見の関係は一気に進展することになった。というのも蓮見は自分の思いを沙耶香に打ち明けやすくなり、沙耶香はもとより蓮見に対して好感とリスペクトがあったため、ふたりの気持ちはなんの障害もなく通じ合っていったからだ。

そして、ふたりは約一年の交際期間を経て、遠山夫婦の媒酌で挙式したのだった。

第二章　願望

1

メンバーの一人になっている委員会の会議が思いのほか延びて、といってもまあることだが、終わったときは午後六時半をまわっていた。

会議室を出て、沙耶香は遠山周造の携帯に電話をかけた。

遠山は『N』に向かっているところだといった。たぶんハイヤーの中なのだろう。『N』というのは、神楽坂にある料亭の名前である。

沙耶香は遠山に事情を話し、約束の時間に少し遅れることを詫びた。

「かまわんよ。それより、つまらん議論を延々やってたんだろう。委員長がちゃんと仕切れん無能な男だからな。沙耶ちゃん、代わりにやるか」

遠山は笑っているような口調でいった。冗談に聞こえたが、遠山にかかるとそれではすまない。本当にそうしかねない。

「やりません」

沙耶香は即座に答えた。

「そんなことになったら、またイヤな眼で見られますから」

「だったら、沙耶ちゃんの色っぽい眼つきで睨み返してやればいいじゃないか。男の議員ならゾクッとして、洩らすかもしれないぞ」

遠山はまた笑い声でいった。

これまで沙耶香は遠山の引きで優遇されてきた。党内にはそれをよく思わない議員たちがいて、つまるところ沙耶香が陰湿ないやがらせを受けることになるのだ。

そのことを遠山に訴えたことがあった。すると遠山は、

「そんなことを気にしているようでは、まだまだだな。妬み誹《そし》りは世の常というが、政界にあってほかの議員のことを妬んだり誹ったりする輩は所詮それだけのもんだよ。一角《ひとかど》の政治家になろうと思ったら、よくいうことだけど清濁併せ呑ん

で、妬まれ誹られるぐらいじゃないとだめだ。俺は沙耶ちゃんにそういう政治家になることを期待しているんだよ」

そういって沙耶香を励ました。

沙耶香は早々に電話を切り、秘書の京田尚人《きょうだなおと》にかけ直した。議員会館の沙耶香の部屋で待機していた京田は、すぐに議事堂のほうに車で迎えにいくといった。

ほどなく、京田が運転する車がやってきた。沙耶香は乗り込むと、行き先を告げて、できるだけ急ぐようにいった。

「遠山先生にお会いになるんですか」

車を走らせはじめてすぐ、京田が訊いてきた。沙耶香は京田に、人と会う約束があるので車で送ってほしいとだけ伝えていた。

ただ、沙耶香が行き先を『N』といったので、会う相手が遠山だと京田はわかったのだ。これまでになんどか、といっても結婚する前までだが、京田の運転する車で、沙耶香は遠山と会うために『N』にいっていた。

「そう。なんだか込み入った話があるらしいの」

ルームミラーを通してちらちら見ている京田の視線を気にしながら、沙耶香はそういった。

遠山からそんなことはいわれていなかった。「久しぶりに飯でも食わんか」と誘われただけだった。

「帰りはどうされますか。お迎えにきましょうか」

京田がミラーを通して訊いてきた。

「迎えはいいわ。タクシーで帰るから」

「わかりました」

力なくいった京田を見て、沙耶香は気持ちをくすぐられた。同時に軀が熱くなるのをおぼえた。

京田の表情から心配そうな、しかもそれが嫉妬からきているような感じが見て取れたからだった。

沙耶香は、京田が運転する車でなんどか『N』にいっているうち、気づいていることがあった。

それは京田が遠山と沙耶香のことを、ただの関係ではないのではないかと疑っているらしい、ということだった。

その前に沙耶香自身、自分が京田から好意以上の眼で見られていることに気づいていた。

だからよけいに感知したのだ。京田が沙耶香と遠山との関係に不審を抱き、そのことで嫉妬しているらしいことを。

京田尚人は、沙耶香が抱えている三人の秘書のうち一番若い。ほかの二人――政策秘書と第一秘書――は五十代と四十代のベテランで、二人とも沙耶香が選挙に出馬する際、遠山が連れてきた者たちである。京田はそのときの選挙活動を学生アルバイトとして手伝ったスタッフだったが、その活動ぶりを評価した沙耶香がその後秘書に勧誘し、それに京田が応じたのだった。

現在、第二秘書という立場の京田は、二十七歳で独身である。

沙耶香は京田に対して当初から好印象を持っていた。京田から好感以上の眼で見られていると気づいてからも、それは変わらなかった。要するにそれ以上にも以下にもならなかったということだ。

ところがそのうち沙耶香の気持ちの中に、思いがけないものが生まれてくるようになった。

そのことに沙耶香自身、ひどく戸惑い、うろたえた。というのもそれが、それまで想ってもみなかった性的な願望で、しかもその妄想の中に京田が現れてきたからだった。

だがそんな願望も妄想も、沙耶香は否定することも追い払うこともできなかった。

それどころか、当初は戸惑いうろたえたものの、徐々に願望と妄想の世界に引き込まれていった。

これは現実ではなく想像でしかないのだから……という気持ちがあったのは否めないが、それにしても沙耶香にとって、それがいまだかつて経験したことがないほど官能的な世界で、めくるめく興奮や快感が得られることも事実だった。

それからだった。京田の嫉妬がこもったような視線を感じて、気持ちをくすぐられる感覚と一緒に軀が熱くなるようになったのは。

いまも沙耶香は軀の火照りをおぼえていた。『N』はもうすぐそこだった。

2

案内されて部屋に入ると、遠山はすでに『N』の女将の酌で酒を飲んでいた。

女将はすぐに席を立ち、

「ではごゆっくりなさってください」

そういって遠山と沙耶香に会釈して部屋から出ていった。

「お待たせしてすみません」

「なに、蓮見先生に会えると思えば、どうってことはないさ」

謝った沙耶香を、遠山は真顔で見て揶揄した。

沙耶香がかるく睨むと、

「おお、そういう顔も色っぽいな。これだから美人は得をするんだ。まあ座りなさい」

老獪な政治家は楽しそうに笑って、テーブルを挟んだ向かいの席をすすめた。

「失礼します」

沙耶香はその座椅子の席に座った。

座卓の上には、すでに料理が並んでいた。

遠山は銚子を持ち上げて盃を受けるよう沙耶香をうながした。

頂戴します、といって沙耶香が猪口を差し出すと、

「こうして会うのは、沙耶ちゃんが結婚する前に会って以来だな」

そういいながら酒を注ぐ。

遠山のいうとおりだった。

だから沙耶香としては「久しぶりに飯でも食うか」と誘われたとき、遠山の真意を計りかねた。

というのも沙耶香の結婚に際して遠山は、「残念至極だが、もうこれからはこういう会い方はできないな」といって、実際そうしてきたのだ。

言葉どおり、残念でたまらなさそうな遠山に、そのとき沙耶香は訊いた。

「じゃあどうして結婚をすすめたんですか」

すると遠山は、自嘲と照れが入り混じったような苦笑いを浮かべて、

「これでも俺は、一番に沙耶ちゃんの幸せを考えてるんだよ」

といった。

それは沙耶香が初めて見る笑いだった。同時に、熊を連想させるそこに自信があぐらをかいているような容貌に似合わない笑いでもあった。

乾杯のあとは料理を食べつつ酒を酌み交わしながら、政治や党内の話になった。話すのはもっぱら遠山で、沙耶香は聞き役だった。

やがて食事が終わり、片づけられると、テーブルの上には途中から日本酒から代わっていたワインのセットだけが残された。

「ところで」

と、このタイミングを待っていたかのように、遠山が赤ワインが入っているグラスを手にいった。

「蓮見くんとはうまくいってるのか」

「え？……ええ、でもどうしてですか」

沙耶香は思わず訊き返した。

「俺が訊いたのは、夜の営みのほうだけど、彼には変わった性癖のようなものはないのかね」

遠山の眼光が粘ってきているのを感じて沙耶香は当惑しながら、ちょっと考えてから答えた。

「ないようです、遠山先生のようなものは」

遠山はふっと笑った。

「俺のようなものは、か。俺としていたようなことを、蓮見くんとしたことはないのか」

「ありません。するわけないじゃないですか」

沙耶香は強い口調でいった。

「だけど、それじゃあ沙耶ちゃんは物足りないんじゃないか」

「そんな、わたしはただ、先生に求められて、おっしゃるとおりにしていただけですから、物足りないなんてありません」

「確かに初めのうちはそうだったろう。でも俺が見るかぎり、そのうち沙耶ちゃんもおもしろがって、なにより刺戟的に感じていたはずだ。ちがうかね？」

「それは……」

沙耶香は口ごもって、あとがつづかない。実際、遠山がいうとおりだったからだ。


遠山から信じられないような行為を求められたのは、沙耶香が議員になって半年ほど経ったときで、その場所もこの『N』の座敷だった。

その行為とは、沙耶香の脚に頬ずりさせてほしい、そして顔に尻を乗せてほしい、というものだった。

沙耶香は耳を疑った。変態行為以外のなにものでもなかった。おぞましさに鳥肌が立って、即座に拒否した。

だが遠山は執拗だった。沙耶香の前にきて正座すると、肉体関係を求めているわけではないんだ、俺は沙耶ちゃんのそのきれいな脚と形のいい尻に惚れたんだ、このとおり頼む、俺の願いを聞き入れてくれ、などと必死に懇願して頭を下げた。

沙耶香は、そんなこと無理です、頭を上げてください、と拒んだ。すると遠山は、そのまま沙耶香の足元に這い寄ってきたのだ。

沙耶香は狼狽した。それでも相手が遠山周造だという意識が頭の片隅にあって、先生いけません、やめてください、といいながらもあからさまに拒絶することができなかった。

それをいいことに遠山は沙耶香の足を手でつかむと、甲に口をつけてきた。

沙耶香はパンストを穿いていた。だが初めて経験する行為とその感触に、ゾクッと軀がふるえた。快感などではなく、不気味な感覚のせいだった。

ところが遠山はさらに異常な行為をしかけてきた。足指を口にふくんでしゃぶったり、足全体を舐めまわすのだ。しかも異様に興奮しているとわかる表情で息を乱しながら。

そのようすに沙耶香は気押されていた。すると遠山は沙耶香の脚を抱えて頬ずりしてきた。

「先生、だめですッ、やめてくださいッ」

さすがにあわてふためいて遠山を押しやろうとした。スカートがずれ上がって太腿あたりまであらわになったからだが、声はうわずって、押しやろうとする力も弱々しいものになった。

遠山はうっとりとした表情で沙耶香の脚に頬ずりしていた。そればかりか口をつけてなぞったりしはじめた。まるで大事な宝物でも扱うかのように。

そのあたりからだった。沙耶香がおかしくなってしまったのは。

軀が熱くなってゾクゾクしてきたのだ。それまでの不快感とちがって、性感によるものだった。

あとから思い返してみると、そんなことになってしまったのは、そのときの沙耶香の肉体的な状態が関係していた。恋人と別れて以来、セックスレスの状態がつづいていたのだ。

もっとも、そのせいだけではなかった。

議員に立候補して選挙を戦い、晴れて議員になって約半年——短期間だが自分を取り巻く世界がすっかり変わってしまう経験をしたことによって、沙耶香自身も微妙にそれまでとはちがってきていた。

その微妙なちがいを具体的にいうのはむずかしいけれど、遠山から偏執的な行為を求められてそれに応じたのが、その最たることかもしれない。

いままでの沙耶香だったら、いくら遠山に懇願されたとしても毅然として拒否していたはずだ。

ところが拒みきれず、遠山の行為に付き合うようになったのだ。

それだけではなかった。そのうち沙耶香自身、遠山との行為の中で性感や快感をおぼえるようになると同時に、党内でも隠然たる権力を持っている遠山に対して優越感を味わうようになって、偏執的な行為にはまっていったのだった。

3

遠山はネクタイを外して席を立つと座卓をまわり、沙耶香のそばにきて腰を下ろした。

沙耶香は思わず軀を硬くした。

「俺はね、後悔してたんだ。沙耶ちゃんに結婚をすすめたことを。でも考えてみたら、俺と沙耶ちゃんがすることは、肉体関係はないわけだから、厳密にいって不倫にはならないんじゃないかと思うんだよ。ちがうかね？」

そういいながら遠山は沙耶香のタイトスカートから覗いている膝を撫でる。

「そんな、いけません」

沙耶香はうろたえて遠山の手を制した。

「そんなに邪険にしないで、久しぶりに頼むよ。脚と尻を俺に貸してくれるだけでいいんだ。な、このとおり頼む……」

いうなり遠山は沙耶香の膝に口をつけてきた。

「先生ッ、だめですッ」

沙耶香は遠山を押しやろうとした。が、両手を遠山の肩にかけただけだった。

遠山に食事に誘われたとき、沙耶香自身こうなることはわかっていた。そして、夫がいる身だから、もう遠山の要求に応じてはいけないと自分に言い聞かせていた。それでいて、気持ちのどこかにときめくものがあった。

結果、遠山の唇を膝に感じただけで自制心は脆くも崩れてしまい、胸が高鳴っていた。

「さ、きれいな脚をよく見せてくれ」

遠山はそういって立ち上がると、沙耶香を抱えて立たせ、座卓に座らせた。

そして沙耶香の前にひざまずくと、パンストに包まれた足を両手で捧げ持って頬ずりしてきた。

沙耶香は両手を軀のやや後方について上体を支え、されるままになっていた。というより遠山のするに任せていた。

いつものことだが遠山は頰ずりするだけでなく、足を舐めまわしたりもする。膝を曲げて持ち上げた格好でそうされているうちに、タイトスカートがますますずれ上がって、ほとんど太腿の付け根あたりまで露出した状態になった。

「いやッ、だめ……」

さすがに沙耶香は恥ずかしさにたまりかねて脚を下ろそうとした。それより先にその脚を遠山に抱え込まれた。

遠山が脹《ふく》ら脛《はぎ》から膝、さらに太腿へと頰ずりし、唇を這わせる。

沙耶香は身ぶるいせずにはいられない性感に襲われて、必死に喘ぎ声をこらえた。だが脚のふるえは抑えようがない。

熊を連想させる遠山の顔は、興奮で上気して赤黒い。ときおり眼をつむってうっとりしているが、開けているときの眼には、粘った欲情が燃えているような感じがある。視線の先にパンストの下に透けたローズレッドのショーツが見えているはずだった。

「ガーターベルトでないのが残念だな。沙耶ちゃんのほうで気を利かせてつけてきてくれるかと期待したんだが」

遠山が言葉どおり残念そうにいった。

「わたし、こんなことになるなんて思っていませんでしたから」

沙耶香はかるくやり返した。

「もし電話で頼んでたら、つけてきてくれたかい？」

遠山が笑って訊く。

「それは……」

沙耶香はまた返答に窮した。

遠山の偏執的な行為に付き合うようになってから沙耶香は、ブラとショーツとガーターベルト、それにセパレーツのストッキングがセットになった下着を、色違いで三セット、遠山からプレゼントされて、会うときはその下着をつけるようになっていた。

そしてそれらの下着はいま、自宅のクロゼットの中のランジェリーが入っている引き出しの奥に、隠すようにしまっている。

「俺のプレイには付き合ってくれてたけど、もともと身持ちが堅い沙耶ちゃんだからな」

そういいながら遠山は立ち上がり、沙耶香も立たせると、スーツの上着を脱がせた。

「もし俺が電話でガーターベルトをつけてきてくれって頼んだら、沙耶ちゃんはなにか口実をつくって、俺と会うのを避ける。それがわかってたから頼まなかったんだよ。そうだろ?」

「……しりません」

ニヤッと下卑た笑いを浮かべて訊く遠山から沙耶香は顔をそむけていった。

すると遠山は沙耶香の後ろにまわってひざまずき、両手で腰をつかんでヒップに顔をうずめてきた。

「ああ、この感触、たまらん……」

うわずった声でいいながら、顔をこすりつけてくる。

「そんな……」

沙耶香は身悶えた。ひどく戸惑っていた。遠山の行為から三日前の結婚記念日の夜の夫の行為を思い出したからだ。

あのときはいまとは反対に、夫の行為から遠山の行為が頭をよぎって、

——まさか、夫にも遠山と同じ性癖があるってこと!?

と、驚愕と疑念に襲われた。

だがいまや、ふたりに似通った性癖があることはまちがいなさそうだった。

「アッ、それだめッ、やめてくださいッ」

沙耶香はあわてて両手でスカートを押さえた。後ろにひざまずいている遠山がスカートを引き上げようとしたのだ。

「どうして？」

遠山が怪訝《けげん》な声で訊く。

「これ以上はだめです」

さっき遠山に脚と尻を貸してくれるだけでいいんだといわれたとき、沙耶香は内心仕方なく、スカートを穿いたままなら、と妥協したのだ。

「なに？　スカートを上げちゃいけないのか」

「ええ」

「おいおい、これで我慢しろだなんて、蛇の生殺し同然じゃないか。ほら、頼むよ沙耶ちゃん、このむっちりした尻を味わわせてくれよ」

遠山はスカート越しに両手でヒップを揉みたて、さらにスカートの中に頭を突っ込んできた。

「そんなァ」

沙耶香はバランスを崩して畳の上に膝をつき、前に倒れ込んだ。

四つん這いの格好になった沙耶香の隙をついて、遠山がスカートを引き上げてヒップに顔をうずめてきた。

「だめッ……あンッ、ああッ……」

沙耶香はうろたえてヒップをくねらせた。だが遠山に両手で太腿を抱えられていて、思うように抗うことはできない。

そればかりか、遠山は沙耶香の尻の割れ目に顔を強く押しつけているのだ。

そのため、遠山の熱い息で秘めやかなゾーンがくすぐられて軀がふるえ、こらえようもなく感じた喘ぎ声が口をついて出てしまう。

「ああ、この匂い、沙耶ちゃんの匂いだ……」

遠山が鼻を沙耶香の股間にこすりつけながら、くぐもった声でいう。

「いやッ」

沙耶香は激しい羞恥で全身が火になった。

シャワーも浴びていないので、そこは恥ずかしい匂いがしているはずだった。

それを嗅がれていると思うといたたまれない。

だが羞恥に襲われると同時に、沙耶香は興奮もしていた。辱《はずかし》めを受けることによってかきたてられる、マゾヒスティックな興奮だった。

ただ、この種の興奮をおぼえるのは、初めてのことではなかった。

遠山との偏執的な行為に付き合っているうちにめばえてきたのは、最初は快感に似た優越感だったが、それは徐々にサディスティックなものになった。ところがそんなとき、沙耶香自身想ってもみなかったことが起きたのだ。

それは、立っている沙耶香の前にひざまずいた遠山が、スカートの中に頭を突っ込んで脚に頬ずりしながら舐め上げてきたときだった。

それまでだったら、遠山を奴隷のようにかしずかせて奉仕させているというサディスティックな気持ちになっているところだが、そのとき不意に無理やりにいやらしいことをされているという想いが頭に浮かびあがってきたのだ。

そして、その瞬間から異様な興奮をおぼえたのだった。

あとで冷静になって考えた沙耶香は、ひどく動揺した。その興奮はどう考えてみてもマゾヒスティックなものでしかなかったからだ。

それまで自分の中にそんな欲望があるなど想像だにしなかっただけに、大きなショックだった。

そのとき、沙耶香は自分の心理を分析して思ったものだった。

――遠山の偏執的な行為に付き合っていなければ、こんなことにはならなかっただろう。サディスティックな快感を知ったことによって、その真逆の、わたしの中に眠っていたマゾヒスティックな欲望がめざめることになったのかもしれない……。

そのことは、遠山にはいわなかった。マゾヒスティックな欲望があると打ち明けるなんて、持ち前のプライドが許さなかった。内緒にしたまま、遠山の行為に付き合っていた。

それに沙耶香自身、マゾヒスティックな欲望が表出するのを極力自制していた。いったんその欲望に身を任せてしまうと、自分がどうなってしまうかわからない不安というより恐ろしさのようなものがあるからだった。

……沙耶香の抵抗が弱まったのをいいことに、遠山はスカートを腰の上まで押し上げて、下着越しにヒップに頬ずりしていた。

「いやッ、それだめッ」

沙耶香はあわてていって腰を振りたてた。遠山が下着を下げようとしたのだ。

「いいじゃないか。ナマの尻を味わわせてくれよ」

遠山は懇願した。

「だめです、シャワーを使ってないから」

沙耶香は身をくねらせて遠山から逃れた。これまで遠山と会うときは前もって入浴するか、それができないときは『N』の部屋付きの浴室でシャワーを使うかしていた。

「そんなこと、気にするなよ。俺は沙耶ちゃんなら、むしろシャワーなんか使ってないほうがいいんだ」

遠山がそういいながら這い寄ってくる。その姿はまるで獲物に近づく熊だ。

「そんな！　待ってください」

沙耶香は後ずさりながら両手を前に伸ばして遠山の接近を拒んだ。

「じゃあシャワーを浴びてくるか」

沙耶香は強くかぶりを振っていった。

「ごめんなさい。わたしもう、先生とこんなこと、つづけられません」

遠山はポカンとした表情になった。一瞬、沙耶香の言葉が信じられなかったかのように。そして、苦笑いを浮かべると、

「夫がいるからか」

「はい」

「俺はてっきり、沙耶ちゃんがまたその気になってくれたと思って喜んでいたんだが、糠《ぬか》喜びだったということか」

悄然としている遠山を見て、沙耶香は申し訳ない気持ちになった。

「すみません」

「謝ることはない。結婚をすすめたのは俺なんだから、自分の蒔いた種だ。それより、ひとつ頼みたいことがあるんだが、聞き入れてくれないか」

「なんでしょう」

「俺としてはこれからもこうやって沙耶ちゃんと逢いたいんだ」

そこまでいって、沙耶香が抗弁しかけたため、まあ待てというように遠山は手で制した。

「逢ってもいままでのようなことは求めない。ただ、下着をつけたままでいいから、沙耶ちゃんの脚と尻を堪能させてほしいんだ。もう俺もこの歳だからね、あと何年生きられるかわからない。老人の最後の愉しみを、沙耶ちゃんに叶えてもらいたいんだよ。どうだ、叶えてもらえないか」

沙耶香は返事に困った。

遠山がいった「いままでのようなことは」とは、なんどか遠山の偏執的な行為に付き合っているうち、彼の顔に尻の乗せるとき、沙耶香は求められるまま下着を取るようになり、秘部を彼の鼻と口に押しつけ、彼が夢中になって舐めまわすというような行為を指していた。

いまちょうど八十歳の遠山は、数年前のそのときすでにED治療薬もあまり効かなかった。薬を服用しても興奮時のペニスは生きのわるいナマコ程度になるだけで、射精はするものの、水っぽい白濁液がわずかにとろりと流れ出るというありさまだった。

そのため、遠山と沙耶香の間には、男女が結ばれるという意味での肉体関係はなかった。ときに指を挿入されることはあったが、それ以上のことはなかった。

逆にいえば、そのために沙耶香としては遠山の舌戯と指戯に夢中になってしまったともいえた。そして、そんな倒錯した行為によって、サディスティックな快感やマゾヒスティックな欲望が生まれてきたとも——。

「頼むよ沙耶ちゃん、俺の頼みを聞いてくれ」

遠山は哀願にちかい表情と口調でいった。

沙耶香は仕方なく、小さくうなずいた。

とたんに遠山は顔を輝かせ、沙耶香の脚にしがみついてきた。

「先生――！」

「ありがとう、ありがとう」

声を弾ませていう遠山を見下ろした沙耶香は、ふとうろたえた。このまま遠山に襲いかかられたら、どうなってしまうんだろうという思いと一緒にときめきのようなものに襲われたからだった。

4

この夜、いつもより早めに帰宅した蓮見がベッドに入って経済誌を読んでいると、妻の沙耶香が帰宅した気配があった。

時刻は、午後十時をまわっていた。

帰宅してからの沙耶香のルーティーンは、まず化粧を落とし、歯を磨いてから入浴、そして風呂上がりに顔と軀のケアをすませて自分の寝室に入るという流れで、これで小一時間かかる。

蓮見と妻の沙耶香は、寝室を別々にしている。

マンションの自宅は３ＬＤＫにウォークインクロゼットという間取りで、結婚した当初はその一部屋を寝室にして、あとの二つをそれぞれの書斎にしていたのだが、多忙なふたりの帰宅時間があまりに不規則なので寝室を別にして書斎もかねることにしたのだった。

そのため、蓮見が妻を求めるときは妻の部屋にいくか、自分の部屋に連れてくるかすることになる。

これまではいつもそうだった。その反対はなかった。妻から蓮見を求めることはなかったからだ。

蓮見としては、いまのところその可能性はないに等しいと思いつつも、いつか妻が蓮見の寝室にきてくれるようになるのを期待し、願望している。そのときは妻がセックスに対して積極的になり、蓮見の欲望にも理解を示してくれているはずだからだった。

ただ、蓮見にとって絶望的というわけではなかった。光明のようなものはあった。

それは、妻の沙耶香がセックスを嫌ってはいないということだ。それどころかセックスのさなか、本当は好きなのではないかと思わせる反応を見せることがときおりある。

ところが問題なのは、妻自身、感じること、乱れることに対して、なぜか自制しようとしているようなところが見受けられることだ。

それが持ち前のプライドの高さのせいなのか、それともなにかほかに理由なり原因があってのことなのか、蓮見にはわからない。

——その自制心のようなものがなくなれば、素晴らしいセックスを楽しむことができるのだが……。

そう思いつづけてきた蓮見は、麻矢から聞いた「調教」という言葉がこのところ頭から離れなかった。

だがこれもまた、どうしていいのか、わからない。

蓮見が妻とのことをいろいろ考えているうちに、妻の寝室のドアが開閉する音がした。蓮見に気を使ってだろう。耳をそばだてていなければ聞こえないほどの小さな音だった。

蓮見は起き上がって妻の寝室に向かった。

ドアの前に立ってかるくノックすると、「はい」という声が返ってきた。蓮見はドアを開けて妻の寝室に入った。

「起きてらしたの」

沙耶香は銀色のシルクのパジャマを着ていた。

「ああ。たまに早く帰っても、すぐには寝つけなくてね」

蓮見は妻を抱き寄せた。

「あ、もう遅いわ」

「でも沙耶香だって、スキンシップがいい眠り薬になるんじゃないか」

蓮見はいいながら両手を妻のヒップにまわし、パジャマのズボン越しにむちっとした尻肉を撫でまわした。

「そんな、今日はわたし、疲れてるの。すぐにでも眠れるわ」

沙耶香はうわずった声でいいながら、腰をもじつかせる。

蓮見もパジャマを着ていて、ズボンの前を持ち上げている強張りを、故意に妻の下腹部にこすりつけていた。

「仕事の疲れより、スキンシップの心地いい疲れのほうが快眠できるよ」

そういって蓮見は妻の唇を奪った。

沙耶香は小さく呻いたが、されるままになっている。

蓮見は妻の唇をついばむようにしてから舌を差し入れていった。

沙耶香も蓮見の求めに応じる気になったらしい。舌をからめていく蓮見に、おずおずからめ返してくる。

蓮見はキスしながら、妻のパジャマの上着のボタンを外していった。上着を脱がすと、妻の前にひざまずいてズボンに両手をかけた。

腕を組んで胸を隠した沙耶香が腰をくねらせる。かまわず蓮見はズボンを引き下げて脱がせた。

沙耶香は上部がレースになった白いショーツをつけていた。

悩ましい腰の線とショーツの股の盛り上りに欲情を煽られて、蓮見はその腰を抱き寄せた。

「うん、そんな……」

沙耶香は小さくいって蓮見を押しやった。そしてベッドに上がると、薄い羽毛布団の下に入った。

蓮見もパジャマを脱いだ。パンツも取って裸になると、ベッドに上がって妻の横に滑り込むと同時に布団をめくった。

「だめ。明かりを消して」

沙耶香が顔をそむけていった。胸の上で両腕を交叉し、片方の脚を内側にひねっている。そうやってがっちりガードしているかのようだ。

寝室の照明は、セミダブルのベッドのヘッドが接している壁の二つのブラケットと、ナイトテーブルの上のスタンドの明かりが点いている。

「明かりを消して」というのは沙耶香の口癖のようなもので、蓮見としてはできれば天井灯をつけて皓々《こうこう》とした明るさの下で行為をしたかったが、ここでも妻の気持ちを斟酌して、これまではスタンド消して間接照明にちかいブラケットの明かりだけにしていた。

「これくらいの明るさならいいだろう。沙耶香の軀をもっとよく見たいんだよ」

スタンドの明かりを消さずに蓮見はいって、妻の両腕をやや強引に胸から引き離して乳房に顔をうずめた。

沙耶香は戸惑ったような喘ぎ声を洩らしただけで、されるままになった。

蓮見は両手で乳房を揉み、片方の乳首を舌で舐めまわした。

沙耶香の乳房はほどほどにボリュームがあって、きれいな形をしている。お椀型なのだが乳首をつまんで持ち上げたような、多少反り気味の形状をしていて、乳首が見るからに感じやすそうに平常時でもツンと突き出している。

蓮見の舌は、その乳首がみるみる硬くしこってきたのを感知していた。それを口に含んで吸いたてたり、舌で転がしたりすると、妻の口からきれぎれにせつなげな声が洩れはじめた。

この夜の蓮見は、ある目論見を持っていた。

それはこれまでになく、手と口舌《こうぜつ》を使って妻の全身を隈なく、それも執拗に愛撫して、妻を徹底的に感じさせるというものだった。そうすれば、いままでにない妻の反応を見ることができるかもしれないし、なにより妻がそういう状態にあれば蓮見自身の欲望を満たすことも可能になるのではないか。そんな思惑があってのことだった。

その目論見どおり、蓮見は妻の全身に手と口舌を使っていった。

沙耶香は当惑したような反応を見せた。思いがけない部分にまで蓮見の手や口舌が這いまわるのだから無理もない。

だがそのうち反応が変わってきた。たまらなさそうに裸身をくねらせたりうねらせたりしながら、うろたえたような喘ぎ声を洩らす。その悶えも声も、明らかに感じているとわかるものだ。

蓮見は妻の内腿を鼠蹊部に向けて唇でなぞっていった。

「ううん、だめッ」

沙耶香は悩ましい表情を浮かべて脚をヒクつかせ、腰をうねらせる。

蓮見はすでに妻のほぼ全身に手と口舌を使っていたが、焦らすのが目的で局部にだけはまだ指一本触れていなかった。

妻の腰つきを見れば、その目的はもう果たせているといってよかった。

蓮見は思った。

──妻はほしがっている。ここで『ほしいんだろ？』って訊いたら、どういうだろう。『ほしいの』『なにが？』『あなたのが』『俺のなにがほしいんだ？』なんて展開になれば最高だけど、きっといやがるに決まっている。それどころか最悪、俺のことを、なんていやらしいのって軽蔑する可能性もある。それよりもいまなら、ヒップを好きにさせてくれるかも……。

そう思い直した蓮見は、妻をうつ伏せにした。

きれいな背中がウエストへ流れ落ちて、そこから白いショーツに包まれた臀部がこんもりと盛り上がっている。

蓮見は背中に口をつけると、ウエストに向けて唇でなぞった。

「ううん……」

沙耶香は艶かしい声を洩らして身をくねらせる。

蓮見は臀部を両手で愛撫し、さらに顔をうずめた。そこまではさっきすでにした行為だった。

蓮見は顔を上げるとショーツに両手をかけてずり下げた。まろやかな尻肉がこぼれ出て、妻がうろたえたように腰を振る。

目の前の白い尻肉に、蓮見は顔を押しつけた。尻肉がキュッとしこると同時に妻の軀が硬直したのがわかった。

そのまま、蓮見は妻の尻に頬ずりして舐めまわした。

「あなた、だめ……」

沙耶香はうわずった声でいって腰をもじつかせる。

戸惑い、いやがっているようすだ。だが蓮見は思いきっていった。

「ぼくはこの、沙耶香のむっちりして形のいい尻が、たまらないほど好きなんだよ。それだけじゃない。こうやって頬ずりしてると、うっとりするほど気持ちいいんだ。もちろん、すごく興奮もするんだ」

「そんな……」

沙耶香の声には、明らかにショックを受けている感じがあった。

だがうつ伏せのままだ。どんな表情をしているのか、蓮見からは顔がよく見えないのでわからない。

そのとき蓮見は胸がときめいた。妻が身悶えているのだ。しかもどこかもどかしそうな感じに——。

——本気でいやがっているわけじゃないんじゃないか!?

そう思った蓮見はショーツを妻の脚から抜き取ると、

「沙耶香、ぼくの顔の上に乗っかってくれ」

といって腰を抱え上げて四つん這いの体勢を取らせ、すかさずその両脚の間に仰向いた状態で足から滑り込んだ。

沙耶香が後ろ向きに蓮見の顔にまたがった格好にしたのだ。とっさに、沙耶香にとって蓮見と向き合うよりはそのほうが少しでも抵抗が軽減されるだろうと考えてのことだった。

「やだ、こんなの」

沙耶香はうろたえたような声でいって腰を振る。

蓮見の顔の上に、妻の生々しい部分があからさまになっている。黒々とした陰毛、そこは薄い陰毛に縁取られた赤褐色の肉びら。その合わせ目に、いまにもこぼれ落ちそうなほど女蜜があふれている。

「ほら、このまま乗っかってくれ」

蓮見は両手を妻の腰にかけて引き寄せた。

「そんな、だめッ」

口ほどには沙耶香は抵抗しなかった。それどころか腰をくねらせただけで、蓮見の顔の上に落としてきた。

同時に、蓮見の口に妻の秘苑が密着した。

5

恥ずかしい部分に夫の口を感じた瞬間、ゾクッと沙耶香は身ぶるいした。襲われたのは、性感とおぞましさが入り混じったような感覚だった。

それ以上に沙耶香はうろたえるあまり自分を失っていた。

夫の顔にまたがって局部を口に密着させるなど、考えられないことだった。

もっとも夫にかぎってのことだった。遠山周造と同じようなことをしてきた沙耶香の中には、そのことを秘密にしておきたい気持ちがあった。

さらにいえば、遠山と同じようなことを夫とはしてはいけないという思いがあったのだ。

そんな気持ちや思いに持ち前の自尊心の強さもあって、夫とのセックスでは自制心が過剰に働いてしまい、快感に身を任せることができなかった——というのがこれまでの沙耶香だった。

ところが今夜はちがった。全身を舐めまわし愛撫する夫の、いつになく執拗な行為と、結婚以来なかった、先日の遠山の変質的な行為に付き合ったことの二つが重なって、徐々に自制心が奪われていったのだ。

性感とおぞましさをおぼえたのは、一瞬だった。クレバスを舐めたてる夫の舌で、すぐに快感をかきたてられた。

「アアッ、だめッ」

ゾクゾクしてふるえる軀と一緒に声もふるえた。

「沙耶香、いいよ。ぼくと一緒に沙耶香も気持ちよくなってくれ」

口を離した夫がうわずった声でいって、すぐまたクレバスに吸いつくように口をつけて舐めまわす。

否応なく快感をかきたてられて、沙耶香はうろたえるような興奮に襲われていた。それは、マゾヒスティックな興奮だった。

形としては沙耶香が夫の顔にまたがって責めているようだが、そのじつ沙耶香のほうが夫の舌で責められているのだ。

遠山との行為のときも、いまと同じ興奮をおぼえることがあった。それで沙耶香自身、ひどく当惑しながらも、自分には責めるよりも責められるほうが快感をおぼえて興奮するところがある、ということに初めて気づいたのだった。

だが、マゾヒスティックな快感や興奮に身を任せるのは、淫らになってしまって、自分が自分でなくなるような怖さがあってできなかった。

いまも、それはあった。

それでいて、沙耶香はマゾヒスティックな官能に引き込まれつつあった。

妻のそんな思いと軀の状態を知ってか知らずか、夫は息苦しそうなようすを見せながらも夢中になって舌を使っている。

この変質的な行為で、夫がいつになく興奮しているのがわかった。

沙耶香の前に見えているペニスは、ふつうの行為ではないほど力強く勃起して、生々しくヒクついている。

それを見ていると、沙耶香は子宮が熱くざわめくような感覚に襲われて、思わず喘ぎそうになった。

かろうじてこらえたものの、ふと思った。

——こんなとき、夫にフェラチオを命じられたら……。

被虐的な興奮をかきたてられて、眼の先にある怒張を舐めまわしてくわえる自分のようすが脳裏に浮かんだ。

ここまで沙耶香は快感が声になるのを必死にこらえていた。だがもう限界だった。ただ、いったん声を出すと、こらえがきかなくなってそのまま絶頂に達してしまいそうだった。

それを回避しようとして腰の位置をずらしたとたん、肛門に夫の口を感じて、沙耶香はあわてて前に倒れ込んだ。目の前に夫の怒張があった。

「ああ、沙耶香もぼくのそれを舐めてくれ。舐めっこしよう」

夫が興奮した声でいって沙耶香の股間に口を押しつけてきた。恥ずかしい部分を貪るように舐めたてる。

「アンッ……アアッ……」

こらえようもなく、快感が声になった。

それでも沙耶香は怒張を前に躊躇していた。

これまで夫とのセックス行為の中で、クンニリングスされたりフェラチオしたりすることはあったが、シックスナインの体勢で同時に舐め合ったことはなかった。

しかもいまの沙耶香は、夫の上に反対向きに覆い被さった、はしたない格好になっている。

躊躇はそこから生まれていた。だが夫の舌でかきたてられる快感によって、すぐにそうしていられなくなった。

沙耶香は怒張に手を添えた。亀頭に舌を這わせた。ふと、夫からは見えていないと思った。

そう思ったらいつになく大胆な気持ちになった。たまらない快感と興奮のせいもあった。

亀頭にねっとりと舌をからめ、舐めまわす。

自分でもいやらしいと思った。夫に対してこんなフェラチオの仕方をするのは初めてだった。

そのことで興奮を煽られて行為をつづけているうち、気がつくと夢中になってペニスを舐めまわしたり、くわえてしごいたりしていた。それも沙耶香自身わかるほど膨れあがっているクリトリスを夫の舌で責めたてられて、泣くような鼻声を洩らしながら。

沙耶香は思った。

——こんないやらしいフェラチオしてるわたしのこと、夫はきっと、びっくりしてるでしょうけど、どう思ってるかしら。

そして、『ああ、もうイッてしまいそう』と思った瞬間、まるでタイミングを計っていたかのように夫の舌が膣に侵入してきた。

「ウッ——アアだめッ!」

沙耶香は呻いてのけぞり、ふるえ声と一緒に軀がわなないた。達したのだ。

夫が口を離した。

「沙耶香のフェラ、すごくよかったよ、感激したよ」

ひどく興奮した声でいいながら起き上がると同時に沙耶香の腰を横に押しやって、

「ぼくももう我慢できない。上になってくれ」

と、沙耶香の手を取ってうながす。

沙耶香は当惑した。これまで夫との行為で、女上位の体位はまったくなかったわけではないが、できれば避けたい体位だった。女がリードすることになって、抑制ができなくなる恐れがある。それがいやだった。だから仕方なく女上位の体位になったときは、ぎこちない腰遣いしかしなかった。

ところが今夜の沙耶香は、避けたいと思う気持ちよりも、夫のいままでにない前戯のせいでせつないほどうずいている体奥をなんとかしたいという衝動にも似た願望のほうが強かった。

沙耶香はおずおず夫の腰をまたいだ。股間を覗き込み、怒張を手にした。

夫が見ている。そう思うと、いままでだったら、自分の手でペニスを膣の中に入れる——この瞬間が一番恥ずかしくていやだった。

だがいまは、その恥ずかしさに興奮を煽られて、カッと軀が熱くなった。

亀の頭に似た怒張の先を、クレバスにこすりつけた。

そこは、いやらしいほど濡れてヌルヌルしている。

ゾクゾクする快感に襲われて喘ぎそうになるのをかろうじてこらえ、沙耶香は亀の頭を膣に収めた。

ヌルッとそれが入った瞬間、息が詰まった。

恐る恐る腰を下ろす。肉棒が滑り込んでくるにつれて快感のうずきがわきあがって軀がふるえ、頭がクラクラした。

腰を落としきって、動くのを躊躇していると、

「ああ沙耶香、いいよッ。ホント、沙耶香のここは名器だよ。ジワッと締めつけてきて、くわえ込んでる。ああ、たまンないよ」

夫が昂った声で感極まったようにいった。

「そんな、いや……」

恥辱感をおぼえた沙耶香は、瞬時に興奮のボルテージが下がった。

「なにが?」

夫が怪訝そうに訊く。

沙耶香はかぶりを振った。

その反応をどう解釈したのか、夫は沙耶香の腰に両手をかけて、

「ほら、動いてごらん」

と、前後に振るよううながした。

沙耶香は自分から腰を使おうとはしないで、されるままになった。

これまで夫にはなんども名器だといわれていた。夫だけでなく、かつての恋人

にも、それに指の挿入を数回許したことがあった遠山周造にもいわれた。

沙耶香自身、自分の性器が名器なのかどうかわからない。ただ、膣に指やペニスを入れられたとき、自分でもそこが微妙にうごめいている感覚はあった。

だがそれを締めつけてきてるとかくわえ込んでるとかいわれるのは、いやだった。なんだか自分の軀がひどくいやらしく思えて、それに相手からもそう思われていると感じるからだった。

もっとも夫は、沙耶香が名器の持ち主であることを、女性として素晴らしい魅力に恵まれていることだ、自分にとってもとてもうれしいことだという。

夫のいう意味は沙耶香自身、わからなくはなかった。ただ、持って生まれた性分なのかもしれない。それを素直に受け止められないのだ。そして、そんな自分を持て余しているところもあった。

「どうした? ほら、沙耶香も気持ちよくなろうとしてごらん」

沙耶香の異変に気づいたらしく、夫が訝しそうに訊く。

渋々、沙耶香は腰を使った。それももじつかせる程度に。好きなように腰を使ってイキたいと思っていた、さっきまでの気持ちはもう失せていた。

6

蓮見が昼前に起き出したとき、すでに妻の沙耶香は出かけていた。

この日は午後、福岡にいくといっていた。

沙耶香が所属する派閥は、遠山周造が会長をしているが、その同じ派閥の福岡選出の議員が地元で資金集めのパーティを開くというので、当初は遠山が顔を出すことになっていた。ところが体調不良でいけなくなり、遠山に頼まれて急遽、沙耶香が代役でいくことになった、ということだった。

その際、遠山から「沙耶ちゃんは人気があって、俺より集客力があるからな」といわれたそうで、沙耶香は「要するに人寄せパンダなのよ」と苦笑していた。

予定では、今晩のパーティに出席して、福岡に一泊して明日帰京するということだった。

妻とは反対に、蓮見にとってこの日は珍しく暇な土曜日だった。

役所は一応休みにはなっているが、大抵、仕事で出勤することになる。出勤しなくても、ふだんは忙しくてなかなかできない、仕事がらみやプライベートの付き合いで出ていくことが多い。

朝刊に眼を通しながら朝食兼用の昼食をとった蓮見は、このあとどうしようか思案して、ふと苦笑いした。とくになにをしようということがないのだ。自嘲の笑いだった。

仕事人間にとって、なにもすることがないというのは、妙に不安で落ち着かないのだった。

『ラビリンス』に電話をかけて、急なことで麻矢が無理ならほかの女の子を手配してもらおうかと思った。

ところがそのとき、一昨日の妻とのセックスが頭に浮かんできて思い直し、電話をかけるのはやめた。

一昨日の夜、妻とのセックスでいままでにないことを試みた蓮見にとって、これまたいままでにない妻の反応に心躍るものがあった。

だがそれも、あるところまでだった。

それまで妻は、全身隈なく舐めまわし愛撫する蓮見に、いくぶん抑えぎみながらも感じたままに声を出して悶える上々の反応を見せていた。

そして、これまでいやがっていた妻が上になってのシックスナインにも応じ、そればかりか蓮見の舌に感じて欲情したらしく、これまでになく熱っぽくペニスをしゃぶり、くわえてしごいたのだ。

さらに蓮見が膣に舌を差し入れると、「イク」という言葉は発しなかったが軀をわななかせて明らかに達した反応を見せた。

それは表情にも現れていた。蓮見が妻を起こすと、初めて見るほど凄艶な表情をしていた。

だから、騎乗位を求めても応じたのだろう。妻は自分で蓮見の怒張を手にして女芯に収め、腰を落とした。

そこまでは蓮見にとって、願望どおりの展開だった。

それが一変したのは、その女芯が生々しくうごめいてペニスを締めつけ、くわえ込んでいくのを、蓮見が口にした直後だった。

とたんに妻の興奮が醒めていき、欲情してその気になっていたようすがみるみる失せていった。それが蓮見にもはっきりわかった。

妻に自分から腰を使わせて乱れさせてやろうと期待していた蓮見としては、唖然とするしかなかった。

なぜそんなことになるのか、まったく見当もつかないしわからないのだ。

それでも気を取り直し、蓮見は起き上がると妻を仰向けに寝かせて、怒張を抜いた。そして、妻の股間に顔をうずめていた。クンニリングスで攻めたてて、もういちど妻の興奮と欲情を高めてやろうと思ったのだ。

だが女は、軀も気持ちと同じで、いったん醒めると元通りになるのはむずかしい。

いつか麻矢がそんな意味のことをいっていたが、そのとおりだった。蓮見の懸命の舌使いで妻は達したような反応を見せたが、手放しの感じには程遠かった。

蓮見は両手で妻の肉びらを押し開いた。少しばかりサディスティックな気持ちになっていた。

「いやッ」

妻は鋭くいって顔をそむけた。

開ききった肉びらの間にあからさまになっているピンク色の粘膜に、蓮見は見入った。

そこはまるで溶けたバターを塗りつけられたかのように、女蜜にまみれて鈍く光っていた。

そして、そこに名器たる所以《ゆえん》が現れていた。膣口がちょうどイソギンチャクの口に似て、周囲にぐるりと繊毛のような小さな襞がついていて、その内部の舌のような粘膜が喘ぐように収縮と弛緩を繰り返しているのだ。

そのこれ以上ないエロティックで煽情的なようすと、あまりに対照的な妻の反応を思って、蓮見はますます妻のことがわからなくなった。

そのとき、妻がたまりかねたようにいった。

「見ないでッ、いやッ」

蓮見はいきなり頭を叩かれたような気持ちになって、強張りを手にすると妻の中に押し入った。

だが最悪の結果になってしまった。妻の不可解さを引きずって行為をつづけているうち、蓮見のほうも勢いを失ってしまい、どうにか射精までこぎつけたものの、最後は分身が名器から吐き出される始末だった。

そんな一昨日のことを振り返っていると、苦い思いが込み上げてくる。それでも蓮見は自分を奮い立たせるように思った。

——最後はともかく、途中まではよかったんだ。あのままいければ、もうちょっと妻を変えることができたはず……そのためにはどうしたらいいか、なにかいい手があるはずだ。

それを考えているうちにふと、妙なことが頭に浮かんだ。まさに妙なことだった。

同時に蓮見の胸はときめいていた。

寝室を二つに分けたとき、妻のほうが元の寝室を使うことになった。ウォークインクロゼットにつづいていたからだ。

蓮見は妻の寝室を通り抜けてクロゼットに入った。

胸のときめきはつづいていたが、やましさが混じったそれに変わっていた。自分がしようとしていることが、いい歳の男がするようなことではない、女と性にめざめたばかりの少年がするようなことだからだった。

いまの蓮見の気持ちは少年と同じだった。興奮していた。

クロゼットの片方の側はハンガーにかかった洋服が並び、一方の下半分は畳んで収納する衣類が入った引き出しで、上は小物類が置けるスペースになっている。それらは大半が妻の沙耶香のもので、蓮見のものは片隅に押しやられている感じだ。

いままで蓮見は妻の衣類が入っている引き出しを開けたことはなかった。わかりやすく、妻用と蓮見用に分けられていたからだ。

妻用の引き出しを開けてみた。そこにはセーターが入っていた。

つぎつぎに開けてみた。

ブラウスなどのインナーが、引き出しごとにきちんと種類別に分けて収納されている。

蓮見が探しているものは、すぐには見つからなかった。

——と、そのとき蓮見は眼を見張った。開けた引き出しの中に、妻の下着が詰まっていたのだ。

一瞬、目の前に花畑が現れたような錯覚に襲われた。

妻がつけている下着——大抵セットになっているブラとショーツ——は、大体がオーソドックスな形のものだ。セックス同様、セクシーさを強調したものや挑発的なものはない。

だからといって下着に無頓着というわけでもないのは、蓮見にもわかる。というのもすべてが高級品だからだ。

それに形はオーソドックだが、色や細部のデザインを気にしているフシがうかがわれる。色は白のほかパステルカラー、デザインは部分的なレースや刺繍、というところに。

そんな下着類が詰まった引き出しは二つあって、二つ目の奥に箱があった。

蓮見はその箱を取り出した。箱のサイズは、縦横三十センチ×二十センチ、厚みが十センチほどで、蓋がついていた。

下着類をこっそり見る以上に妻の秘密を覗き見るような気がして、蓮見はドキドキしながら、箱の蓋を取った。

——なんだ、これは!?

下着らしいとわかったものの、すぐにはなにかわからなかった。

真っ赤な下着らしいものをつまみ上げた瞬間、眼が点になった。同時にいきなり頭を殴打されたようなショックを受けた。

それはなぜかガーターベルトだったのだ。

蓮見はあわてふためいて箱の中身を取り出した。

真っ赤なガーターベルトのほかに、黒と紫色の同じくガーターベルト、それにその三色のブラが出てきた。

蓮見は頭が混乱し、激しく動揺していた。

——なぜ妻がこんなものを持っているのか!? しかも秘密のように、箱に入れて隠すようにして。

ガーターベルトなんて、どう考えてみても妻と繋がらない……。

そう思いながらも、全裸に真っ赤なガーターベルトとストッキングをつけた妻の姿が脳裏に生々しく浮かんできた。

蓮見はうろたえた。分身が充血しているのだ。

衝撃と混乱と狼狽が入り混じった頭で、蓮見は考えた。

――信じがたいことだけど、これだけはいえる。妻には、このガーターベルトをつけていた秘密がある。

そのとき妻が経験していたのは、ノーマルなセックスではないはずだ。サドマゾどちらかのプレイである可能性が高い。

そんなプレイを、妻は一体誰としていたのだろう。議員になる前に付き合っていた男がいたことは聞いていたけれど、相手はその男だったのだろうか。それともほかの男と……。

そこまで考えて、蓮見は思った。

――それより、そういうプレイを経験していたということは、妻にはサドマゾどちらかの性向があるということにほかならない。

もしかして、それを隠そうとするあまり、俺とのセックスで過剰な自制心が働いているのかもしれない。

そうだとしたら、俺自身、妻に対する考え方を変えなければいけない……。

蓮見は胸の高鳴りをおぼえた。

そして、きれいに折り畳まれて並んでいる下着の中から黄色いショーツを取り出すと、ひろげてクロッチの部分を見た。

そこに接している妻の性器、そのイソギンチャクの口を想わせる膣口と、『調教』という言葉が頭に浮かんできて、さっきから強張っている肉茎がうずいた。

ほとんど衝動的に蓮見はズボンとパンツを脱いで下半身裸になった。

自分がしようとしていることに当惑したが、やめられなかった。妻の黄色いショーツを穿いたのだ。

かろうじて穿くことができたショーツが、腰を窮屈に締めつけて強張りを浮きたたせた。

ふと、妻の割れ目にペニスを押し当てている感覚と一緒に妻を犯している錯覚に襲われて、蓮見は興奮した。

甘くうずいている強張りを、ショーツの脇から出した。

倒錯的な、異様な眺めだ。

それが蓮見には、いまの自分の気持ちを表しているように見えた。同時に、これからは妻に対する接し方が変わることを暗示しているかのようにも——。

第三章　不貞

1

「××議員、蓮見先生のおかげだって喜んでましたね」

沙耶香のあとからエレベーターに乗ってきて横に立った京田尚人が、自分のことのようにうれしそうにいった。

「人寄せパンダの役目は果たせたようね」

沙耶香は自嘲を込めて苦笑いした。

この日の午後、同じ派閥に所属する××議員が地元の福岡で資金集めの講演会とパーティを開くというので、派閥会長の遠山周造の代役として沙耶香は秘書の京田尚人を伴って福岡にきた。

空港には××議員の地元秘書が迎えにきていて、講演会とパーティが開かれるホテルに案内された。沙耶香と京田はこの夜、このホテルに宿泊することになっていた。

講演会は夕方にはじまって沙耶香も講演し、そのあとパーティになった。

結果は京田がいったとおり、沙耶香の人気もあってなかなかの盛況だった。

そしてパーティも終わり、ふたりはホテルのエレベーターで部屋に向かっているのだった。

沙耶香は腕時計を見た。九時をまわったところだった。

「京田くん、まだ早いし、あなたは若いんだから、福岡の夜の街に遊びに出たらどう？」

沙耶香はそういって京田の反応をうかがった。

「先生はどうされるんですか」

「わたしは若くないから、部屋にいるわ。でも、あまり美味しくないお酒を飲んじゃったから、部屋で少し飲み直したい気分なの」

沙耶香は微苦笑《びくしょう》していった。

「わかります。ぼく見てて、先生が無理して飲んでらっしゃるの、気づいてました。でも飲み直すんだったら、ぼくも付き合わさせてください」

京田は妙に気負っていった。

そのときエレベーターが止まり、ドアが開いた。

「いいわよ。軽くやりましょう」

沙耶香は努めて、言葉どおり軽くいった。

パーティが終わったあと、飲み直すのを口実に京田を部屋に誘ってみる——という考えは、福岡にくる飛行機の中で沙耶香の頭に浮かんできたことだった。

それも座席に並んで座っているとき、まるで恋人と旅行にでもいっているかのような、うきうきしたようすの京田を見て、なぜかそんな考えが浮かんできたのだ。

もっとも、ただ誘ってみるというだけで、それでどうしようと考えがあったわけではない。

それは、いまも変わらなかった。

だが沙耶香の頭の中は、いろいろな考えや思いや感情で混乱していた。

部屋は広めのシングルで、ベッドはセミダブルだった。沙耶香は京田を伴って部屋に入ってすぐ、スーツの上着を脱いで酒の用意をはじめた。京田もそれに習って手伝った。

冷蔵庫には、ほぼ一通りの酒類がそろっていた。炭酸水も入っていた。

ふたりともウイスキーのハイボールをつくって、応接セットのテーブルを挟んで椅子に腰かけた。

「じゃあ乾杯しましょう」

「お疲れさまです」

ふたりはグラスを持ち上げて合わせ、ハイボールを飲んだ。

飲みながらの会話は、自然に政界の話になった。民自党や派閥が抱えている問題など、生臭い話をしているうちにグラスが空いて、京田が立ち上がってハイボールをつくってもどってきた。

それを機に沙耶香は話題を変えるべく、訊いてみた。

「そういえば、京田くんのプライベートなこと、あまり聞いてなかったけど、恋人はどうなの？」

二十七歳で独身ということはわかっていたが、京田の女性関係については知らなかった。

「いまのところ、いません」

京田は苦笑いしていった。

「ということは、いたときもあったわけね？」

「ええ。二年くらい前までは……」

「そう。立ち入ったことを訊いてわるいけど、恋人と別れることになった原因は、秘書という仕事と関係があったのかしら」

「え？　どうしてですか」

「秘書って仕事は、議員もそうだけど、とても時間が不規則でしょ。それで恋人ができなかったり離婚したりするなんてことが少なくないって、いつか聞いたことがあって、もしやあなたもそうだったのかと思って……」

「いえ、ぼくの場合は、そうじゃなかったんです」

京田はそういうとハイボールを一口飲んでから視線を落とし、

「というか、原因は仕事がらみのことではあったんですけど、ちょっとちがってたんです」

と、奥歯にものが挟まったような言い方をした。

「ちがってたって、どういうこと？」

沙耶香はよけいに気になって訊いた。

すると京田は、ちょっと躊躇するようなようすを見せて、またハイボールを飲むとうつむき、どこか意を決したような表情で、

「原因は、ぼくがやたら先生のことを話題にすることだったんです」

「わたしのことを?」

沙耶香は意表を突かれ、驚いて訊いた。

京田はうつむいたまま小さくうなずくと、

「それで彼女、嫉妬したというか気をわるくしちゃって、関係がおかしくなったんです。といってもそれがすべてじゃなくて、その前からうまくいかなくなってきてはいたんですけど……」

「京田くん、わたしのこと、彼女になんていってたの?」

「先生のこと、褒めてたんです」

「なんて?」

「……とても頭がよくて切れる人だとか、それでいて女性としても魅力的なんだからすごいとか」

京田はちょっと考えてから恥ずかしそうにいった。

沙耶香は呆れた。

「バカねえ。恋人に向かってそんなことをいうなんて、あなた、どういう神経をしてるの。彼女がいやになるに決まってるでしょ。どうしてそんなことといったの?」

「こんなことをいったら、先生に笑われちゃう、ていうか呆れられるに決まってますけど」

と、京田が妙に緊張したような表情でいった。

「ぼく、先生のことが好きだったんです。いまもそうですすけど……」

沙耶香は唖然とした。とっさに言葉がなかった。

思いきって告白したらしい京田も、畏まって固まったようになっている。

もっとも沙耶香としては、自分に対して京田が特別な気持ちを持っているらしいことに気づいてはいた。

沙耶香は口を開いた。

「そうね、笑っちゃうし呆れちゃうわ」

実際、呆れたような笑みが顔に浮かんできていた。

「で、わたしとどうしたいと思ってたの?」

「え？　どうしたいって、そんなこと……」

京田は困惑したようすでいいよどんだ。

「ふつう、男性が女性を好きになったら、思うことは一つでしょ。正直にいってごらんなさい。わたしとどうしたいと思ってたの？」

さっきから沙耶香自身、自分がなにをいっているのか、というよりなぜこんなことをいっているのか、よくわからなかった。

それでいて、気持ちが昂っていた。

それに衝動に駆られていた。――自分の中にある、どうにもならず持て余しているものを、みずから壊してしまいたいという衝動だった。

なぜこんな衝動に駆られたのか、沙耶香にはわかっていた。

原因は、先日の夫とのセックスの中で起きたことだった。あとから考えてみれば、そこまで思わなくてもいいことなのに拒否反応を起こして、いつもの過剰に自制心が働く結果を招いてしまった。

あのとき沙耶香は、全身を隈なく愛撫し舐めまわす夫のそれまでにない前戯によって、いつになく快感におぼれかけていた。

ところが夫に名器だといわれたことで、ほとんど反射的に自尊心を傷つけられた気持ちになって、一気に醒めてしまった。

そのことで沙耶香は自己嫌悪に陥った。夫もがっかりしたにちがいないと思うと、よけいに自分がいやになった。

そんな気持ちをひきずったまま福岡にきていたのだ。

そして、そこにアルコールの酔いと京田の告白がくわわって、自己破壊願望といってもいいような衝動が生まれてきたのだった。

「それはちょっと……勘弁してください」

沙耶香に問い詰められて、京田は懇願した。

無理もない。沙耶香とセックスしたいと思っていたなど、京田の口からいえることではない。

それがわかっていて、沙耶香はなおも問い詰めた。

「いえないというの？」

「はい」

「どうして？」

「そんな……いったら、先生に怒られます。それより、秘書をクビになるかもしれません」

京田は可哀相なほど怯えている。

それを見て沙耶香は、サディスティックな気持ちをくすぐられていった。

「へえ～。でもそれって、そんなにいけないことを思ってたってことでしょ。だったら、よけいに訊かずにはいられないわ。さあ、答えなさい」

「だめです。許してください」

京田は哀願した。

「じゃあこうしましょう。どんな答えであっても、秘書はクビにしないわ。それは約束するから、いってごらんなさい」

「……ホント、ですか」

京田はちょっと考えてから訊いた。

「失礼ね。わたしはウソはつかないわ」

「すみません」

京田はあわてて謝ってからハイボールを飲んだ。それに合わせて沙耶香も飲んだ。ふたりともグラスが空になった。

「思ってただけですけど……」

と、京田はうつむいていいにくそうにいった。

「先生とセックスしたいと思ってました。申し訳ありません！」

頭を下げ、謝ったところだけ強い口調でいった。

「ひどい話ね。呆れたわ」

沙耶香はいかにも怒りを抑えているふうを装っていった。

「約束どおり、秘書はクビにはしないけど、代わりにお仕置きしてあげなきゃいけないようね」

京田が弾かれたように顔を上げた。驚きの表情をしている。

沙耶香自身も、内心驚いていた。同時に興奮もしていた。これから自分がしようとしていることに、そしてそんなことをしようとしている自分に——。

2

「お仕置き」という言葉もそうだが、それにつづく沙耶香先生の命令——実際、先生は命令口調でいったのだ——にも、尚人は驚いた。それ以上にうろたえさせられた。

なんと先生は、パンツだけになって先生の前の床に正座するよう尚人に命じたのだ。

尚人はひどく戸惑いながらも命令に従った。

思いがけないどころか、信じられない展開だった。

――先生って、サドッ気があるのか!? マジかよ。

当惑と驚愕が入り混じった胸の中で、尚人は思った。

――でも、もしそうだとしても先生とプレイみたいなことができるんだったら、かまわない……。

そう思ったら胸がときめいてきた。

「あなた、わたしと遠山先生が会うの、気に入らなかったみたいだけど、そうなの？」

椅子に座っている先生がそういいながら足を差し出してきた。爪先で尚人の乳首をいじる。

「あ、はい」

尚人はくすぐったさに身をよじって、正直に答えた。

「どうして？」

「先生のことが、好きですから」

「妬《や》いてたの？」

先生が爪先を臙脂《えんじ》色のボクサーパンツを穿いている尚人の股間にこじ入れてきて、こねるようにしながら訊く。

「はい」

尚人は声がうわずった。

先生の濃紺のタイトスカートの裾がさっきから徐々にずれ上がり、肌色のパンストに包まれた美脚が付け根のちかくまで覗き見えていて、それを眼にしているうちに、若い欲棒はすでに強張ってきていた。

「わたしと遠山先生がヘンなことをしてると思って？」

「はい」

沙耶香先生は含み笑った。

「ヘンなことにはちがいないけど、遠山先生はあのお歳だから、あなたが想像してるようなことはもうできないのよ」

「ヘンなことって、どんなことなんですか」

先生の言葉につられて尚人は訊いた。

「あの先生は、女性の脚とお尻が好きなの」

「脚フェチとか、尻フェチとかってことですか」

「そう。あなた、そういう趣味は？」

「ぼくは、女性の脚とか尻は好きですけど、フェチってほどじゃないです」

「沙耶香からいじめられるのはどう？」

先生が、パンツ越しに強張りをこねている爪先に一段と力を込めて訊く。

「いやです」

と答えてから尚人はあわてて、

「でも先生だったら、そんなにいやでもないです」

「なによそれ。わたしの気を引こうと思ってるの？」

先生は笑っていうと、いままでにないような凄艶の眼つきで尚人を見て、

「いいわ。じゃあお仕置きしてあげるわ。立ってパンツを脱ぎなさい」

尚人は当惑した。パンツを脱げば、もう半勃ち以上に勃っているペニスを先生に見られることになる。それは恥ずかしい。だが思った。

──もうこうなったらやるしかない。先生に見せつけてやろう。

立ち上がると、開き直ってパンツを脱ぎ捨てた。そして隠さず、これ見よがしに強張りを露呈した。

「そうじゃないかと思ってたけど、やっぱり、もうこんなことになっていたのね」

先生がどこか弾んだような声でいった。これまでになく昂った感じの表情で、強張りを凝視している。

ふと思いたったように先生は立ち上がった。そして、尚人が脱いだ衣類の中からネクタイを取り上げた。

「両手を後ろにまわしなさい」

「え!? 縛るんですか」

とっさに察して尚人は訊いた。

「そうよ、お仕置きするんですもの」

沙耶香は事も無げに答えた。

「さ、いわれたとおりにして!」

命じられるまま、尚人は両手を後ろにまわした。

先生が尚人の背後にまわり、手首をそろえてネクタイで縛った。そして、前にくると、

「裸で自由を奪われた気分はどう?」

指先で肉茎をなぞりながら訊く。

「よくないです、屈辱的な感じがして」

尚人は本音を口にした。ただ、そんな気持ちとはべつに軀のほうはゾクゾクする快感に襲われて、ひとりでに腰がうごめいてしまう。

「それなのに、これはどういうこと？　ますます硬くなってヒクヒクしてるわよ」

沙耶香が怒張を手で撫でまわすようにしながら、とがめるような口調でいう。

「だって、先生にそんなことをされてるから……」

尚人は身悶えながらいった。実際、先生のいうとおりだった。ペニスはもうフル勃起にちかい状態になって、脈動していた。

「なァに、わたしのせいだっていうの？」

先生が憤慨したような感じで訊く。

尚人は『そうです』とはいえず、

「そういうわけでは……」

と、答えを濁した。

「じゃあどういうわけ？　だれのせい？」

沙耶香が言葉で問い詰め、手で責めたてる。手は怒張を緩やかにしごいているのだ。恋人と別れて以降、慢性的な欲求不満状態がつづいている尚人にとって、危うい状況だった。

暴発を回避するため、尚人は苦し紛れにいった。

「ぼくの、ぼくのせいです」

「そう。あなたがいやらしいことを考えていたから、こんなことになったっていうのね」

勝手に決めつけて指先で怒張を弾き、怒張が跳ねた。

「それにしてもこんなにカチカチになっちゃって、ずいぶん溜まってるみたいね。恋人と別れてから、性欲の処理のほうはどうしてるの？」

「それは、適当に……」

「適当って？」

「たまに風俗にいったり、先生のことを思いながら、自分でしたり……」

尚人は正直に答えた。さきほど以上に開き直った気持ちになっていた。

「わたしのどんなことを思ってたの？」

沙耶香が訊く。怒張を指で弾いてからずっと、それから眼が離せなくなったようすでいきり勃っているそれを凝視している。

――先生は俺のギンギンに勃起しているペニスを見て、興奮している！　でもどうしてなんだ⁉　夫がいるのに……。だけどそれをいったら、そもそもこんなことになっていること自体、わからない。それ以前に先生がこんなことをするなんて信じられない。

瞬時に頭を回転させてそう思った尚人は苛立ちをおぼえ、先生に対して露悪的な気持ちが込み上げてきた。

「先生の裸とか、先生とセックスしてるとことかです」

「いやらしいわね。それでいて、わたしの前では何食わぬ顔をしてたってわけ？　それともそのときもいやらしいことを思ってたの？」

「すみません。ときどき……」

「呆れたわ」

そういった先生の声はうわずっていた。

先生は、尚人がわざとヒクつかせている怒張を食い入るように見つめたまま、どう見ても興奮して欲情しているとわかる表情で、息苦しそうに唇を半開きにしている。

「先生」

と、尚人は声をかけた。

すると先生は、我に返ったようなようすを見せて、怒張から眼を離した。

「少し熱いわね」

ひとりごとをつぶやくようにいってからの先生の行為に、尚人は驚いた。ブラウスのボタンを外しはじめたのだ。

そればかりか、ブラウスを脱ぐとタイトスカートも下ろしていく。

尚人がドキドキワクワクしながら見ていると、先生はスカートのつぎにパンストも取り去って、黒いブラとショーツをつけただけになった。

尚人は眼を見張っていた。下着姿になった沙耶香先生は、尚人が想像していたとおりの軀をしていた。いや、それ以上といってもよかった。

プロポーションがいいのは、洋服の上からでもわかっていた。それにくわえてその軀からは、熟女ならではのムンムンするような濃厚な色気が匂いたっているのだ。

「ベッドに上がって、仰向けに寝て！」

尚人が先生の下着姿に眼を奪われていると、唐突に先生が怒ったような口調で

いだと。

その顔を見て尚人はすぐにわかった。怒っているのではなく、興奮しているせいだと。

尚人は命令に従った。すると先生もベッドに上がってきた。

「いやらしい秘書にふさわしいお仕置きをしてあげるわ」

そういうなり沙耶香は尚人の腰にまたがってきた。

3

京田の腰にまたがった沙耶香は、手で怒張を彼の腹部のほうに向けて押さえると、玉袋のついたソーセージが横たわっているようなそこに腰を落とした。

沙耶香の股間と怒張が密着して、黒いショーツの股から毒蛇が怒ってエラを張ったような、赤みがかったピンク色の亀頭が覗いた格好になった。

それを京田はうろたえたような表情で見ている。

沙耶香はゆっくり腰を使った。

前後の動きに合わせて、クレバスが肉棒でこすられる。ショーツ越しでも生々しい感覚があって、躯がふるえそうな快感に襲われて喘ぎそうになる。

「どう？　どんな気持ち？」

声がうわずった。

「気持ちいいですッ。でも先生、どうせならパンティを脱いでもらえませんか」

京田がたまらなさそうにいう。彼の声もうわずっている。

「なんてことを！　ホントにいやらしいわね。自分がなにをされてるのか、わかってるの？　いってごらんなさい」

「お仕置きされてます」

沙耶香の強い口調に気押されたように、京田は答える。

「それでいて、そんな図々しいことがいえるの？」

「いえません」

京田の表情が苦しそうに歪んでいる。

さっきから沙耶香はクイクイ腰を律動させていた。

それで京田は刺戟されて、快感をこらえているらしい。

沙耶香も同じだった。クレバスと肉棒がこすれ合う感覚が強まるにつれて、ショーツを穿いている感覚が薄まり、そのぶん快感が強くなっていた。

そればかりか、快感をかきたてられて、というよりみずからかきたてているうち、知らず知らず貪欲になっていた。

沙耶香自身わかるほどに膨れあがってきているクリトリスや、泣きたくなるほどうずいている膣口に、肉棒が効果的に当たるよう腰の位置や動きを変えて、快感を貪っているのだった。

そして、そんないやらしくはしたない自分と腰つきに、ますます興奮を煽られていた。

それと同時に沙耶香は怯えてもいた。このまま快感に身を任せていたら乱れてしまうという、いつもの恐れがあったからだ。

そのとき京田が「アアッ」と喘ぎ声を洩らした。

「先生、ぼく、もうたまンないですッ」

うろたえたような表情と声でいう。

「なにがたまらないの?」

沙耶香は冷静をよそおって訊いた。腰だけは熱っぽく律動させせながら。

「我慢できなくなっちゃいそうです」

「なにを?」

「射精を……」

「だめよ。お仕置きなんだから、我慢しなさい」

「そんなこといわれても、無理ですよォ、出ちゃいますよォ」

京田が悲鳴のような声をあげる。表情も切迫した感じになっている。

「だめッ。わたしがいいっていうまで、出しちゃだめ」

沙耶香は叱責して、腰の動きを緩やかにした。京田にダメ出しをしながら沙耶香自身、イキそうになっているからだった。

ところがそんな状態にまでなっていると、緩やかな腰遣いが焦らされているように感じられて、よけいにたまらなくなってしまう。

それに、肉棒にこすりつけているクレバスは、もう尋常な濡れ方ではなかった。ヌルヌルするほど蜜があふれていて、そのぶん肉棒の感触が生々しく、快感をかきたてられるのだ。

京田は狂おしそうな表情で右に左に顔を振っている。

若くて精力旺盛なところにもってきて、性欲を充分満たされていないらしいから、この状態で快感をこらえて射精を我慢するのは大変だろう。

それでも必死に耐えようとしている京田を見て、沙耶香は可哀相になった。それでいて、興奮した。

と同時に沙耶香のほうが快感をこらえられなくなり、イキそうになってきた。

沙耶香は下腹部を見やった。

黒いショーツから覗いている、赤味がかった亀頭に指を這わせた。

〝我慢汁〟が流れ出ている。

そこを指で撫でまわしながら、クイクイ腰を振った。

「そんな！……先生、だめですッ、マジッ、ヤバイッす！」

京田があわてふためいていった。ふだんは口にしない若者言葉が、文字どおり危機的な状態を訴えていた。

かまわず沙耶香は指と腰の動きで京田を攻めたてた。自分がイクより先に京田を射精させなければ……と思いながら。

「アアッ、先生だめッ。アア出るッ！」

苦悶の表情を浮かべた京田が、呻くようにいってのけぞった。

沙耶香のクレバスに密着している肉棒が、ヒクッ、ヒクッと脈動する。

それに合わせて亀頭が跳ね、ビュッ、ビュッとスペルマを勢いよく発射する。

沙耶香が眼にしたのは、そこまでだった。

京田が射精すると同時に眼をつむって沙耶香も達し、オルガスムスのふるえに襲われたからだ。

そのまま、沙耶香はじっとしていた。全身が気だるい快感に包まれていて、すぐには動けなかった。

ふたりとも息が弾んでいた。

沙耶香は京田とまともに顔を合わせることができなかった。

京田の腹部に白濁液が飛び散っていた。

それを眼にしても、現実感がなかった。なんだか悪い夢を見ているようだった。

「先生」

京田の声で、沙耶香は現実に引きもどされた。

「ネクタイをほどいてください」

「そうね」

沙耶香はつぶやくようにいって、京田の腰の上から下りた。そしてベッドから出ると、ドレッサーの上にあるティッシュペーパーの箱を持ってきた。

京田は起き上がっていた。

沙耶香は京田の前にティッシュペーパーの箱を置くと、彼の両手を縛っているネクタイを解いた。

京田はティッシュペーパーを何枚か抜き取った。

「今日のことは」

と、隣のベッドに腰かけた沙耶香は、京田が腹部の精液を拭き取るのを見ながら、声を押し出すようにしていった。

「忘れてちょうだい。いい?」

「先生って、蓮見さんにもこんなことをしてるんですか」

京田は同意を求めた沙耶香には応えず、反対に訊いてきた。

「そんな、してるわけないでしょ」

「じゃあ蓮見さんとはふつうのセックスをしているけど、先生はサドッ気があって、それが満たされないからぼくを相手にしたってことですか」

「ちがうわ。そうじゃないの。わたし、どうかしてたのよ。京田くんにはわるいことをしたと思ってるわ。ごめんなさい、このとおり謝るわ。だから今日のこと、お願いだから忘れてちょうだい」

沙耶香は動揺しながら言い訳し、重ねて懇願した。

京田は黙ってうつむいている。

同じようにうなだれている沙耶香は、見るとはなしに京田に眼をやって息を呑んだ。

同時にゾクッと、まだオルガスムスの余韻が残っている体奥がざわめいた。射精したというのに、京田のペニスは勃起したままなのだ。

「ぼく、先生にお仕置きされてるとき、思ってたんですよ」

京田がいった。沙耶香に向かっていうというより、どこか書かれたものを読んでいるような口調で。

「最初は、ふだんの先生って、ちょっとそんなところもあるから、やっぱりサドッ気があるんだって。でも途中から、これはぼくの直感ですけど、それだけじゃないんじゃないかって思いはじめたんです。人って多少はサドッ気もマゾッ気もあるっていうけど、先生って、ホントはマゾッ気のほうが強くて、それを隠そうとしてサドッぽくしてるんじゃないかって。ちがいますか」

沙耶香はひどくうろたえて言葉を失った。

「もしそうだったら、マゾッ気が満たされないってことが、先生のストレスになっているんじゃないかって思うんですけど——」

「やめてッ！　勝手なことをいわないでッ」

沙耶香は思わず激昂していった。

「すみません。でもこのままでは、ぼくとしては今日のことを忘れることができません」

京田は謝って、不可解なことをいった。

「このままではって？」

沙耶香は訊いた。なんとなくわるい予感がして、探るような口調になった。

「ぼく、先生にもいったとおり、マゾッ気はないんです。あるとしたら、サドッ気のほうなんです」

京田はそういいながらベッドから下りた。

「だからこんどは、ぼくが先生をお仕置きしたいんです。それで相子《あいこ》になって、忘れることができると思うんです」

「なにをいってるの!? やめなさい！」

前に立った京田に沙耶香は狼狽しきって、両手を伸ばして拒絶した。

京田は、さっきまで彼の手首を縛っていたネクタイを手にしていた。

「だって、ぼくは先生の〝手コキ〟でイカされちゃったんですよ。こんどはぼくの番です。さ、まずブラを取っちゃいましょう」

「いやッ。やめてッ。離してッ」

京田がかけてきた手を、沙耶香は激しく振り払った。

「仕方ない。こんどは先生の両手を縛っちゃいますよ」

いうなり京田は沙耶香をベッドに押し倒してきた。

4

いやがって必死に拒もうとする沙耶香先生を、尚人は無理やりうつ伏せにして馬乗りになると、背中のブラホックを外し、黒いブラを抜き取った。

ついで両腕を後ろにまわさせて、手首をネクタイで縛った。

こんなことをしてどういうことになるかという心配も恐れも、尚人にはなかった。その前に先生から辱められて射精までさせられていたからで、これで先生と秘密を共有することになって対等な関係になると思っていた。

それよりもいまの尚人は、憧れつづけていた沙耶香先生を好きに弄ぶことができる状況に興奮しきっていた。

後ろ手に縛った先生を、仰向けにした。

「いやッ！」

先生は悲痛な声を放って、弾かれたように顔をそむけた。

その表情は狼狽しきっている。ふだん気高い雰囲気を漂わせて、物怖じなどしない先生の、こんなようすは、尚人は見たことがなかった。

ただ、その表情には尚人をゾクゾクさせて、興奮を煽るものがあった。いままでに見たことのない、凄艶な美しさがあったからだ。

それ以上に尚人は眼の前の裸身に眼を奪われていた。

隠しようもない乳房は、形状と量感のバランスがきれいに取れていて、まさに美乳といっていい。

乳首と乳暈は、熟女らしく色づいているが、とくにツンと突き出している乳首は見るからに感じやすそうだ。

さらに尚人の眼を奪ったのは、ウエストのくびれや、いくらか脂が乗った感じの腹部や、悩殺的なひろがりを見せている腰や、太腿の肉づきが官能的なきれいな脚だ。

熟女ならではの濃厚な色気をたたえているそれらが、いやでも尚人の欲棒をうずかせヒクつかせた。一度射精していることなど、若いエキスが溜まっている欲棒には、まったく関係なかった。

そのとき、尚人は『ん？』と思った。先生のようすがおかしいのだ。じっとしていられない感じで裸身を微妙にうごめかせて、美脚をすり合わせるようにしている。

先生の顔を見て、尚人は驚いた。そむけて眼をつむっているその顔には、どう見ても興奮しているとしか思えない表情が浮かんでいるのだ。

そればかりか、わずかに唇が開いて、息苦しそうなようすが見て取れる。それに気づくと、乳房が呼吸の乱れに合わせたように上下している。

——先生は、こうやって見られているだけで感じて興奮してる。やっぱり、マゾッ気もあるんだ。

尚人は確信を得て興奮した。

「うう～ん、いやッ」

先生が艶かしい声を洩らして軀をくねらせた。声も軀の動きも、もどかしそうな感じだ。

「先生、すごいです。先生の軀、ぼくが想ってたとおり、ていうかそれ以上に色っぽくて、たまんないです」

いうなり尚人は先生の胸に顔をうずめた。

両手で乳房を揉みながら、乳首を舌で舐めまわす。

尚人にとって、女の手を縛っての行為は初めての経験だった。サドッ気があるといったのは、ふつうの性行為の中で女をなぶったり弄んだりして、恥ずかしがらせたり焦らしたりする程度のことはするという意味だった。

女の抵抗を奪っての初めての行為に、尚人は新鮮な刺戟と興奮をおぼえていた。それも相手が沙耶香先生だけに、なおさらだった。

先生は当初、「いやッ」とか「だめッ」とか拒絶の言葉を発してのけぞったり、自由にならない軀をくねらせたりしていたが、尚人が乳房を攻めつづけているうち、反応が変わってきた。いかにも感じてたまらなくなっているような、せつなげな喘ぎ声を洩らしはじめたのだ。

乳首はすでにしこって尖り勃っている。それに先生の顔を見ると、興奮の色が浮きたったような表情をしている。

尚人は先生に覆い被さっている軀を下方にずらしていった。

目の前に黒いショーツをつけた腰がきたところで、ショーツがこんもりと盛り上がった丘に眼を奪われた。ズキンと怒張がうずいてヒクついた。

た。

「いやッ、やめてッ」

尚人がショーツに両手をかけたとたん、先生が強い口調でいって腰を振りたてた。

「そんなことをいってもだめですよ。こんどはぼくが先生の恥ずかしいところを見せてもらう番ですから」

尚人はゾクゾクワクワクしながらショーツをずり下げていった。

「だめッ、いやッ、やめてッ」

先生は必死になって両脚をすり合わせようとしたり、交互に跳ね上げようとしたりして拒もうとする。

だが尚人が脚の上に乗っかっているので、それもままならない。

尚人は美脚からショーツを抜き取った。これで先生は全裸になった。

そこでふと、いい考えが閃いて、尚人はベッドから下りた。先生はあわてたようすで軀を横に向けて『く』の字に曲げた。

尚人は先生を放置して、浴室に向かった。

目的のものは、浴室の中にあった。

バスローブの紐二本を手にしてもどってくると、紐を繋ぎ合わせてベッドに上がった。

「先生、めっちゃ刺戟的ないい格好にしてあげますよ」

尚人から顔をそむけている先生にいうと、

「やめてッ。京田くん、もうバカなことはやめなさい」

先生は狼狽している表情で声をふるわせていった。ふだんの物言いでたしなめるようにいったのは、尚人にふたりの関係を知らしめて考え直させようとしたのかもしれない。

だがいまの尚人には通用しなかった。頭にあるのは、先生にいった「めっちゃ刺戟的ないい格好」しかなかった。

尚人は、繋ぎ合わせた紐の片方の端で先生の膝を縛った。

ついで、その紐を先生の首の後ろを通して一方の膝にかけると、引き絞ってこっちの膝も縛り、先生の軀を仰向けにした。

「いやッ。だめッ、見ないでッ」

とたんに先生は悲痛な声を放って、必死に尚人の視線から逃れようとするかのように軀を動かそうとした。

だが、開ききっている膝を尚人が両手でつかんでいるため、軀の自由はきかない。せいぜいうごめかせるだけだ。

「見ないでといっても無理ですよ。先生の恥ずかしいところがまる見えなんですから」

尚人はそういって、実際これ以上ない状態であらわになっている先生の秘苑を覗き込んだ。

「やめてッ。いやッ、見ないでッ。だめッ……」

先生がいたたまれないような声と表情でいい募りながら、かぶりを振りたてる。そんな先生に、尚人はかまっていられなかった。憧れの先生の秘苑に眼が釘付けになっていた。

先生のそこは、ヘアがかなり濃い。黒々として、それに縮れぎみだ。そして、こんもり盛り上がっている恥丘を飾っているヘアが、肉びらの両側のふっくらとした秘肉にまで延びている。

肉びらは赤みがかった褐色をしていて、いやらしく見える。唇を連想させるせいだが、そのうえどこか貪欲な感じにも見えるからだった。

それに、肉びらの合わせ目が濡れ光っている。

——さっき俺を素股で射精させたとき、先生もイッたみたいだったから、濡れてもおかしくはないけど、こうやって恥ずかしい格好にされて見られているうちに感じて、ますます濡れてきているのかも……。

そう思ったとき、尚人は驚いた。

夢中になって秘苑を見ていて、その間先生も無言だったため気づかなかったのだが、先生に異変が起きていたのだ。

先生は、恐ろしく昂った感じの、凄艶な表情で息を乱している。

いま尚人が思ったとおり、恥ずかしい格好にされて見られているうちに感じて興奮して――それも異常に興奮しているのは明らかだった。

そんな先生に、尚人も興奮と欲情を煽られて、両手で肉びらを分けた。

「アアッ――！」

先生が腰をヒクつかせて、ふるえをおびた声を洩らした。

肉びらがぱっくりと開いて、きれいなピンク色の秘粘膜があらわになったそこは、あふれそうなほど女蜜をたたえている。

――エッ、なんなんだ、これは!?

尚人は眼を見張って、胸の中で驚きの声をあげた。

派手な濡れ方にではない。秘粘膜の真ん中、膣口部分にだ。

「先生のここ、すごい名器なんじゃないですか」

尚人は興奮を煽られていった。

「膣の入口が、なんだかイソギンチャクの口みたいで、しかも口の周囲にぐるりとヒダヒダがついてる。で、苦しそうに息をするみたいに締まったり緩んだりしてる——」

「いやッ、やめてッ。いやらしい言い方しないでッ」

興奮のあまり実況中継するような言い方になった尚人を、先生の悲痛な声が遮った。

見ると先生は、その声ほどいやがっているようすはなかった。それどころか、そむけている顔の表情は、明らかに昂りの色が強まってきていて、もどかしそうに見える感じに腰をうごめかせている。

——まちがいない。先生は辱められて興奮してるんだ。こうなったら、もっと辱めてやろう。

尚人はそう思って、あからさまになっている秘粘膜に指を這わせた。

「でも先生のここの動き、すごくいやらしいですよ」

指先で膣口を撫でまわしながらいうと、

「やめてッ、いやッ……だめッ」

先生はひどくうろたえたようすでかぶりを振り、腰をくねらせようとした。

それも束の間、「アアッ」とたまりかねたような声を洩らすと、箍《たが》が外れたようにきれぎれに感じた喘ぎ声を洩らしはじめ、それにつれて腰の動きも快感に呼応するようなそれに変わってきた。

尚人は両腕で先生の開脚している腿のあたりを抑え込んでおいて、膣口をこねているのとは反対の手の指で、クリトリスを包んでいる薄皮を押し上げて肉芽を露出させ、撫でまわした。

「アアッ、そんなの、だめッ、ウウンッ、アアンッ……」

膣口とクリトリスを同時に責められて、先生は戸惑ったようすを見せたが、すぐに感じ入ったような声を洩らす。

「先生のここ、いやらしくヒクヒクしてますよ。もう指を入れてほしくてたまらないんじゃないですか。『指、入れて』っていえば、すぐに入れてあげますよ」

膣口をこねている指にイソギンチャクの口の生々しい動きを感じながら、尚人がいうと、

「そんな、いやッ……」

先生はかぶりを振りたてる。

プライドが高い蓮見沙耶香先生としては、さすがにそんなことはいえないらしい。

それなら、と尚人は膣に指を挿し入れた。

熱いぬかるみの中に指が滑り込んでいく。先生が呻くような声を洩らし、悩ましい表情を浮きたたてのけぞった。

「オオッ、すごいッ。ホントに名器だ。先生、ぼくの指を締めつけて、繰り返し締めつけながらくわえ込んでいますよ」

指に感じる名器の煽情的な動きを、尚人はうわずった声でそのまま口にした。

先生は息を弾ませながら、声もなく腰をもじつかせている。この夜の行為で初めて膣に指を入れられたせいか、これまでで一番といってもいいほど凄味の艶かしい表情を浮かべて。

その表情に尚人は一瞬気押されて、指を抽送しはじめた。

「アアッ……アアン……ウウン……」

先生が眉根を寄せて悩ましい声を洩らす。

ただ、そのようすを見て尚人は、ちょっとふつうではないものを感じた。多少快感をこらえるのはふつうだが、先生の場合はそれが強すぎるのではないかという気がしたのだ。

——これもプライドが邪魔するからか。だったら感じまくらせて、プライドをかなぐり捨てるほど乱れさせてやろうじゃないか。

尚人はサディスティックな気持ちになって、その思いを指に込めた。

肉芽はもう膨れあがっている。

ここまで感じている状態で膣とクリトリスを同時に責めれば、そうそう快感をこらえられるものではない。

事実、先生の反応が変わってきた。怯えているようにも見える悩ましい表情を浮かべて、感じ入ったような、それも切迫した感じの喘ぎ声を洩らしはじめたのだ。

——イキそうになってるから怯えているんだろう。

そう思った尚人は、名器から指を抜いた。

「アンッ、だめッ」

先生があわてたようにいって腰を振りたてた。

尚人は指先で膣口をくすぐるように撫でまわして訊いた。

「指、ほしいですか」

「ウンッ、いやッ……」

先生が焦れったそうに腰を揺する。

「ほしかったら、『指入れて』といってください」

「そんな！　いやッ」

尚人の言葉を振り払うように、先生はかぶりを振りたてる。

「でもじゃあ、先生のここ、こんなにビチョビチョになって、物欲しそうにヒクヒクしてるのに我慢します？」

尚人は指で濡れた音をたてて女芯を撫でまわし、意地悪く訊いた。

「いやッ！」

先生は顔をそむけた。いたたまれないような表情を浮かべて眼をつむったかと思うと、

「アアッ、入れてッ」

たまりかねたようにいった。

尚人は征服感に似た興奮をおぼえながら、指を挿し入れた。

瞬間、先生は息を呑んだような反応を見せ、尚人が中指の根元まで挿入してい

くと、苦悶の表情を浮かべてのけぞった。

尚人は指を抜き挿ししながら訊いた。

「先生、どうです?」

「ウン、だめ……」

先生は艶かしい声でいった。

その「だめ」がこれまでとはちがうことを意味しているのは、よがり泣きを想像させる表情と、尚人の指の抽送に合わせてたまらなさそうに動いている腰を見れば、一目瞭然だった。

先生の反応に煽られて、尚人は秘苑に口をつけた。指を抽送しながら、膨れあがっている肉芽を舌にとらえて弾いた。

「それだめッ……アアッ、アンッ、アアンッ……」

ふるえをおびたような声につづいて、先生は昂った声を洩らす。

一気にイカせてやろうと、尚人は指の動きを速め、舌を躍らせて責めたてた。

先生の声と息遣いが切迫してきた。声は泣き声にちかい。

「アアだめッ!」

たまりかねたような声を放って、先生はのけぞった。

尚人は責めつづけた。蜜壷が指を締めつけてくるのがわかった。

「アーッ、イクッ！　……イクイクッ……」

先生が感じ入った声を放つと、息せききって訴えながら腰を律動させて昇りつめていく。

5

先生がイクのを見届けた尚人は、いまさらながら夢でも見ているような気持ちになった。

あの蓮見沙耶香が、自分のクンニと指ピストンでイッて、放心状態で息を弾ませているのだ。それも全裸で、すべてをあらわにした大股開きの格好で……。

先生と同じく、尚人も放心状態に陥っていた。

そのとき、先生がひどく艶かしい声を洩らして軀をくねらせた。

我に返った尚人は、先生の顔を見た瞬間、怯んだ。怒った顔をしていたからだ。

だがすぐに勘違いだとわかった。欲情のあまり、顔が強張っているのだ。

そんな先生を見て尚人は、このますぐに先生の名器の中に欲棒を突っ込みたい衝動にかられた。欲棒はいきり勃っていた。

だが、その前に先生を完全に服従させたいというサディスティックな思いが込み上げてきて、膝を縛っている紐を解いていった。

後ろ手に縛っているネタタイはそのままにして、尚人は先生の上体を抱き起こすと、その前に立った。

「さ、こんどは先生がおしゃぶりしてください」

そういって顔の前に怒張を突きつけると、

「そんな……」

先生はうろたえたようすでいって顔をそむけた。

「でも先生、さっきは自分でぼくの指をほしがって、指とクンニでイッちゃったんですよ。もうこれがほしくてたまんないんじゃないですか」

尚人はそういうと先生の顔に怒張を触れさせた。そして、撫でながら、

「さ、おしゃぶりしてください」

「い、いやッ」

先生は顔を振ってうわずった声でいった。

強張っていた顔に、おぞましそうな表情が浮かんでいる。

——先生の顔を、ペニスで撫でてるなんて信じられない！

そう思って興奮を煽られた尚人が、なおも怒張で整った顔を撫でまわしていると、先生のようすが変わってきた。

おぞましそうな表情が、興奮に酔っているようなそれに変わり、息を乱しはじめたのだ。

そこで尚人が亀頭で唇をなぞると、先生は喘ぎ声と一緒に唇を開き、舌を覗かせて亀頭にからめてきた。

眼をつむって、ねっとりと亀頭を舐めまわし、くわえると、顔を振ってしごく。それも浅くくわえた状態で、唇の裏側で亀頭のエラの部分をくすぐるように数回しごくと、口から出して怒張全体を裏側を中心に舌でなぞり、それからこんどは深くくわえてしごく。

その一連のフェラチオ行為を、尚人はゾクゾクする快感をこらえながら見下ろしていた。

すっかり夢中になっている感じの先生は、これまでで最高に興奮し欲情しているようすだ。

そんな先生を見ながら、尚人は思った。

——遠山先生とは女王様プレイみたいなことをしているようだけど、夫の蓮見さんとはどんなセックスをしてるんだろう。俺とこんなことになるぐらいだから、先生はたぶん、蓮見さんとのセックスには満足していないんだろう。それにしても、このいやらしいフェラはすごい！

そのとき、顔を振りたてている先生がせつなげな鼻声を洩らすのを聞いて、尚人もたまらなくなった。

腰を引くと、一瞬考えて、尚人はいった。

「先生、前屈みになって、ヒップを思いきり上げてください」

手でそうするようにうながすと、先生は「そんな」と戸惑ったようにいいながらも、尚人が求める体勢を取った。

一瞬考えたとき、尚人の頭に浮かんだのは、先生を四つん這いの格好にしてバックから犯したい、という凌辱的な考えだった。

ただ、先生は後ろ手に縛られたままの状態なので、上体を突っ伏してヒップを持ち上げた格好になっている。むしろこのほうが煽情的かつ挑発的だった。

「もっとぐっと尻を上げて、尻の間をおっぴろげて！」

むっちりとして形よく張っているヒップを撫でまわしながら、尚人は命じた。

「ああ、いや……」

先生はひどく艶かしい声でいって腰をくねらせ、ヒップを突きあげた。

もはや尚人のいいなりになっている感じだ。そればかりか、そのようすからは先生自身、興奮している気配が感じられる。

尚人の前に、これ以上ない刺戟的で生々しい光景があからさまになっている。

「先生、アソコだけじゃなくて、尻の穴まですまる見えですよ」

「いやッ、いわないでッ」

先生はヒップを振りたてる。火のような恥ずかしさに炙りたてられているような声とヒップの動きだ。

それでも尚人に命じられた体勢を保っている。それに尚人の視線を感じてだろう、褐色のアヌスが喘ぐように収縮と弛緩を繰り返している。

──先生、恥ずかしい格好にされて、いやらしいことをいわれて、興奮してるんだ。

そう思って尚人も興奮を煽られながら、先生の唾液にまみれていきり勃っている怒張を手にすると、亀頭で肉びらの合わせ目をまさぐった。

濡れた音がたちそうなほど女蜜があふれてヌルヌルしているそこを、上下にこする。

「うう～ん、だめ……」

先生がもどかしそうな声でいってヒップをくねらせる。

「なにが？」

尚人は訊いた。

「ああん、焦らしちゃいやッ」

先生はベッドの上に顔を横たえて眼をつむっている。その表情にも腰の動きにも、焦れったそうな感じが現れている。

「どうしてほしいの？」

尚人は亀頭で女芯を思わせぶりにこねながら訊いた。

「アアそこッ……アアン、きてッ」

先生がたまりかねたようにいって求める。

「きてって、どういうこと？」

尚人は名器の口に亀頭を入れかけたり引いたりして訊く。

「いやッ、アア入れてッ」

「じゃあいって。ぼくのなにを先生のどこに入れてほしいのか、いやらしい言い方で。いわなきゃ入れてあげないよ」

尚人は亀頭を女芯に潜り込ませ、そこだけで抜き挿ししながらいった。名器の口にクッとくわえられた亀頭がくすぐりたてられて、ゾクゾクしながら。

「アアッ、いやッ」

先生は悩乱しているような表情でいった。だがその表情がみるみる悩ましい昂った感じになって、

「ううん、だめッ……アアッ、京田くんのペニス、わたしのそこに、ああん入れてッ」

たまらなさそうに腰をくねくね振りながら、先生はいった。

「そこじゃだめ。先生だって、卑猥な四文字の言葉、知ってるでしょ。さ、最初からいって。いわなきゃやめちゃうよ」

尚人は怒張を抜きかけた。

「いやッ、だめッ」

先生は取りすがるようにいうと、尚人がいわせようとしているとおりの淫猥な言葉で求めた。

とてもあの蓮見沙耶香のものとは思えないそれを聞いた瞬間、尚人は思わず胸

の中で『やった！』と快哉の声をあげて、怒張を突き挿した。

「アウッ——！」

喘ぎとも呻きともつかない声を発した先生は、一気に達したようだ。怒張が突き入ると同時に硬直した感じの軀が、小刻みにふるえている。

熱い蜜壷を貫いている尚人の欲棒を、秘めやかな粘膜がエロティックにうごめいて締めつけてきて、くわえ込もうとする。

尚人は両手で先生の腰をつかむと、ゆっくり欲棒を抜き差ししていった。

名器から受けるゾクゾクする快感を味わいつつ、これから沙耶香先生が見せてくれるだろう信じられないような狂態を想って、期待と興奮で胸をときめかせながら。

6

その夜、沙耶香が帰宅すると、すでに夫は帰っていて、リビングルームのソファでワインを飲みながらテレビを見ていた。

時刻は、十時ちかくだった。

休みの日以外はいつものことだが、ふたりとも夕食は外ですませてくることになっている。

沙耶香は帰宅後のルーティーンにかかるべく、寝室に入った。

まず部屋着に着替えて化粧を落とす。それから歯を磨いて入浴し、そのあとこんどはパジャマに着替えて顔の手入れをして、とくに急ぎの仕事がなければ、ベッドに入る。

福岡から帰って、三日経っていた。

あの夜、京田尚人と沙耶香自身信じられないようなことを起こしてしまって、この三日間、沙耶香は夫の顔をまともに見ることができなかった。

思い返してみると、沙耶香にとってあの夜のことは、信じられないというだけでなく、魔物に魅入られたとしかいいようのない出来事だった。

それにしても一夜の情痴が沙耶香の心と軀に残した、というより焼きつけたものは、もはや消しがたいものだった。

というのもそれは、沙耶香自身が秘めていた性的な願望で、それを経験したいまはもう秘めておくことができなくなったからだ。無理に秘めておこうとすれば重いストレスとなって、これまで以上に悩まされ苦しめられることがわかっていた。

ただ、沙耶香には夫がいる。もとより京田との関係をつづけることはできない立場だが、夫との関係も沙耶香が不貞を働いた以上、このままではすまない。だが沙耶香は離婚を覚悟していたわけではなかった。夫とはセックスの面ではともかく、精神的には絆が存在すると思っていたし、いまも思っている。

それを考えると、心苦しい。それにこのさきどうすべきか、沙耶香自身まだ気持ちは決まっていなかった。

そんなことを思ったり考えたりしながら入浴して浴室から出ると、夫はまだリビングのソファにいた。

沙耶香に気づいて振り向くと、

「ちょとしたプレゼントがあるんだ。寝室に置いといたから見てくれ」

と意外なことをいった。

「プレゼントって、どういうこと？」

沙耶香が小首を傾げて訊くと、

「見ればわかるよ。それより手紙を入れておいたから、読んでそこに書いてあるとおりにしてくれたら、ぼくとしては最高に嬉しい」

夫は妙なことをいって、意味ありげな笑みを沙耶香に向けてきた。

これまでの沙耶香だったら、『なによ、もったいぶって』というくらいのことは言い返すところだが、罪の意識があるせいで、ただあいまいに笑い返しただけで寝室に向かった。

寝室に入ると、沙耶香が入浴している間に夫が置いたらしい、ベッドの上に赤いリボンがかかった白い箱があった。

沙耶香はリボンを解いて箱を開け、中身を取り出した。

——エッ、なに?

女性ものの下着らしいとわかって驚いたが、さらにどんな下着かわかったとたん、驚きは狼狽に変わった。

あろうことか、それは真っ赤なブラとショーツとガーターベルトがセットになった下着と肌色のセパレーツのストッキングだったのだ。

——どうしてこんなものが!?

沙耶香は激しくうろたえている頭で考えた。

——まさか、夫があの下着を……。

箱には折り畳んだ紙が入っていた。便箋だった。ひろげてみると、夫の手書きの文字が並んでいた。

驚いただろうが、ぼくはこういうセクシーなスタイルの下着が好きなんだ。それで前から、できればきみにつけてほしいと思っていたんだ。ただ、そうはいえなかったけどね。

じつは、ぼくには沙耶香に内緒にしていた性癖があるんだ。といっても隠そうとしていたわけではない。打ち明けたら、沙耶香に軽蔑されるのではないかという怖さがあって、できなかったんだ。

それを今夜、思いきって告白しようと思っている。

その前に、頼みたいことがある。この下着をつけて待っていてほしいんだ。お願いだ、ぜひぼくの頼みを聞いてくれ。

読み終わった沙耶香は、動揺していた。

その性癖というのは、遠山周造のそれと似ているのではないかと、およそ察しがついた。沙耶香自身、夫とのセックスの中で薄々感じていたことだった。

狼狽につづいて動揺させられたつぎに、沙耶香は迷っていた。

ふつうならとても応じられることではなかった。

ただ、夫に対する罪の意識と、夫の告白を聞いて趣味を確かめてみたいという思いがあった。

沙耶香は立ち上がると、夫からのプレゼントの下着を持ってクロゼットに入った。

全身が映る鏡の前に立って部屋着を脱ぎ、ショーツも取って全裸になった。

妙に胸が高鳴っていた。自分の裸身がいつもより生々しく見えた。それよりも煽情的な下着をつけようとしているせいか、いやらしく感じられた。

沙耶香は下着をつけていった。

三点セットの下着はみんな、シースルーだった。そのため、乳房も下腹部のヘアも透けて見えて、カッと全身が熱くなった。

そのとき、ノックの音がした。沙耶香は緊張した。

7

頃合いを見計らって、蓮見は妻の寝室のドアをノックした。

期待と緊張で、胸が高鳴っていた。

応答はない。そっとドアを開けて寝室に入り、後ろ手にドアを閉めた。

室内は明るい。天井灯とベッドのヘッドが接している壁の二つのブラケットの明かりが点いていた。

妻の姿はなかった。クロゼットの扉が開いていた。

『沙耶香』と呼びかけようとしたとき、クロゼットから妻が現れた。

白いバスローブをまとっていた。うつむいたまま、クロゼットを出たところで立ち止まった。

「沙耶香、ぼくの頼みを聞いてくれたんだね」

とっさにそう思った蓮見は、声が弾んだ。

沙耶香はうつむいたまま、黙っている。

蓮見はいった。

「バスローブを取って見せてくれ」

「明かりを消して」

妻が硬い声でいった。

真っ暗にしたのでは意味がない。沙耶香もそういう意味でいったのではないだろう。そう判断して、蓮見は天井灯を消した。ブラケットの明かりだけの、ムードのある照明になった。

「さ、見せてくれ」

妻がバスローブの紐に手をかけるのを、蓮見は息を呑んで食い入るように見ていた。

紐が解かれ、バスローブが妻の軀から滑り落ちた。

「オオッ、いいッ！　沙耶香、すてきだよッ、最高にセクシーだよッ」

真っ赤なブラにショーツ、太腿までのストッキングを吊ったガーターベルト——妻の煽情的な下着姿を見て、蓮見は感動し興奮した。

沙耶香は恥ずかしそうに片方の手を胸に、一方の手を下腹部にあてている。

「頼みを聞いてくれて、ありがとう」

蓮見は駆け寄ると沙耶香を抱きしめた。

「どうして思ったの？　こういう下着を、わたしにプレゼントしようなんて。なにかきっかけでもあって？」

妻が探るような口調で訊く。

蓮見はすぐに妻の胸のうちを察した。クロゼットの中の下着を見られたのではないかと疑っているのだ。

そうだとはいえない。それを認めれば、こっそり妻の下着を盗み見たと思われて軽蔑されるのがオチだ。

「きっかけなんてないよ。手紙にも書いたとおり、前から思ってたんだけど、できなかっただけだ。それよりその下着姿、もっとよく見せてくれ」

蓮見がそういって押しやると、

「その前に、あなたの性癖のこと、教えて」

沙耶香はまた手で胸と下腹部を隠していった。

「じゃあ約束してくれないか。ぼくがどんなことをいっても、軽蔑していやにならないって。どう？」

「ええ、約束するわ」

思いきって告白すると手紙に書いておきながら、いざとなるとつい条件を出した蓮見に、沙耶香は意外なほどあっさり受け入れた。

「じつは、ぼくはマゾヒスティックなところがあって、あくまでプレイだけど女性から侮蔑されたり、かるくいじめられたりすることが好きなんだ。で、とくに女性のヒップが好きで、顔の上に尻を乗せられると興奮するんだ」

蓮見は、煽情的なスタイルの下着をつけたことによって妖しい色気がくわわった妻の裸身を見ながら、いった。

「だから、きみにもそうしてほしいと思っていた。だけど、さっきもいったとおり、いえなかった。辛かったよ。でももう限界だった。それで思ったんだ。下着をプレゼントしてすべて打ち明けて、きみにわかってもらってプレイに付き合ってもらおうって。どうだろう、きみの返事を聞かせてほしい」

沙耶香は拒絶しないだろうと、蓮見は思っていた。だからこういう言い方をしたのだが、そこにはそれなりの裏付けがあったのだ。

妻にプレゼントした下着は、『ラビリンス』の麻矢に頼んで買ってきてもらったものだった。

それを受け取るために麻矢と会ったとき、彼女が思いがけないことをいったのだ。

「そういえば、蓮見さんと沙耶香さんの仲人、たしか民自党の重鎮の遠山周造さんじゃなかった？」

「そうだよ。それがどうしたんだ？」

「これ、蓮見さんだからいうんだけど、遠山さんて、うちの会員なの。わたしもなんどかお相手したんだけど、彼、尻フェチ、脚フェチのマゾなのよ。ただ、あのお歳だから、アチラのほうはもうほとんど役にたたないんだけどね」

麻矢がいうの聞いた蓮見は、いきなり頭を殴打されたようなショックにつづいて、禍々しい想像が頭の中を駆け巡った。

蓮見から見て、遠山と沙耶香の関係は、後ろ楯以上の、父親と娘か、見方によっては男と女にも取られかねない感じがあった。もっともそのときは、それほど沙耶香が遠山から眼をかけられているということだと思っていたにすぎなかった。

ところが麻矢の話を聞いて、沙耶香が遠山のマゾプレイに応じているシーンが生々しく頭に浮かんできたのだ。

遠山と沙耶香の特別な関係、なによりクロゼットの中に隠すようにしまわれていた下着、そしてこれまでの妻とのセックスの有り様——それらがそういう想像を喚起したのだった。

さらに考えているうちに、蓮見にとってそれは想像ではなく、もはや確信に変わってきていた。

プレイを求めた蓮見に、沙耶香はすぐに返事をせず、ためらっているようだっ

たが、

「わかりました。でも、どうしたらいいの？」

と、うつむいたまま感情のないような声でいった。

「それはぼくがいうから、いうとおりにしてくれればいい。それよりありがとう！」

沙耶香とは対照的に蓮見は弾んだ声にいうと、手早く部屋着を脱いでパンツだけになった。そして、沙耶香をベッドに腰かけさせると、その前の床に横になって、沙耶香の足を手にした。

「こうやって足でなぶりながら、勃ってたら『なによ、このいやらしいチ×ポは』とか、勃ってなかったら『なんなの、この情けないフニャチンは』とかいって蔑んでほしいんだ。さ、いってごらん」

パンツの上からペニスに足をこすりつけながらうながすと、

「そんな、そんなこといえないわ」

沙耶香は戸惑っていう。

「慣れたらいえるようになるよ。それまでは黙っていじめてくれればいい。男も乳首は感じるから、ほらこうやって……」

蓮見は妻の片方の爪先を自分の乳首にあてがうと、パンツの上の足と一緒に動かして乳首とペニスの両方をなぶらせた。

沙耶香はおずおず応じた。だが少しして蓮見が手を離しても、両足でそこをなぶっている。その表情は相変わらず戸惑っている感じだが、最初より昂ってきているように見えなくもない。

そんな妻の反応に蓮見は気をよくして、パンツを脱いだ。あらわになったペニスは、半勃ちの状態だ。

「女王様、わたしの顔にまたがってください」

初めて妻を女王様と呼んで、蓮見はいった。

「女王様もパンティを脱いでくだされば、うれしいんですけど」

「そんな、いや」

すかさず沙耶香は拒んだ。

「じゃあ残念ですけど、パンティを穿いたままでお願いします」

「いやだわ……」

蓮見は胸がときめいた。そういいながらも妻が蓮見の顔にまたがってきたのだ。

「腰を落として」

蓮見がいうと、妻の股間が顔面に密着してきた。

——ああ、沙耶香の顔面騎乗だ！

蓮見は胸の中で快哉を叫んだ。

「ああいいッ。沙耶香女王様、最高です」

沙耶香の股間でふさがれているため、くぐもった声になった。

蓮見にとっては至福のときだった。興奮と快感がないまぜになって、陶酔に満たされていく。

息苦しさの中で懸命に呼吸をしようとする蓮見の息を感じてか、沙耶香が微妙に腰をもじつかせる。

蓮見は舌を躍らせた。ショーツ越しに秘めやかな部分を舐めまわす。

「ううん、だめッ……」

沙耶香が腰をくねらせて艶かしい声を洩らす。

さっきから蓮見の欲棒は、このところないほど充血し強張ってきていた。

蓮見は両手でむっちりとした妻の尻を押し上げて、いった。

「女王様、反対を向いて、またわたしの顔に乗っかってください」

沙耶香はいったん蓮見の上から下りると、いわれたとおり反対向きに蓮見の顔にまたがって股間を密着させてきた。

蓮見はまたショーツ越しに妻の秘苑を舐めまわした。

それに合わせたように、沙耶香がクイクイ腰を振る。どう見ても感じてたまらなくなっいるようだ。

そんな沙耶香の眼には、蓮見が故意に脈動させている怒張が見えているはずだった。

「ああ女王様、わたしのはしたないペニスを、女王様の手でなぶってお仕置きしてください」

蓮見はそういうと、舌でショーツを横に押しやり、そのまま割れ目を舐めまわした。

「そんな！　……アアだめッ、いやッ……」

妻は狼狽したようすで身悶える。

秘苑はもう濡れそぼっている。蓮見は名器の口を舌でこねた。そして、舌を尖らせて挿し入れた。

「アアッ──だめッ！」

沙耶香が昂った声を放って軀をわななかせた。

どうやら達したらしい。その瞬間、ジワッと舌を締めつけてきた名器が、ヒクヒクしている。

蓮見はそのまま名器を舌でこねまわした。

「うう～ん、ふうん……」

もどかしそうな、それでいて昂りのこもった声を洩らして身をくねらせながら、妻が蓮見の怒張に手をからめてきた。

自分のたまらなさを訴えるかのように、肉棒を手でしごく。

「女王様、よかったら口でなぶってください」

蓮見はそういってみた。

すると、沙耶香は無言で蓮見の股間にむけて屈み込み、怒張に舌をからめてきた。

──おお、これなら、このまま〝逆転プレイ〟に持ち込むこともできるんじゃないか。

蓮見は胸をときめかせて思った。

だがすぐに思い直した。

──一夜にしてここまできたのは、長足の進歩といっていい。早まることはない。これから愉しみながら調教していこう……。

そのとき、怒張をくわえてしごいている妻が、そんな蓮見の気持ちをくすぐるような艶かしい鼻声を洩らした。

第四章　覚醒

1

窓の外には、秋の深まりを感じさせる紅葉に彩られた風景がひろがっている。

議員会館の中にある各議員に当てがわれた部屋の書斎の窓辺に立って、その風景を眺めながら、沙耶香は考え事をしていた。

この部屋にいるときは大抵、調べ物をしたり会議に臨むための資料に眼を通したりしているが、いま沙耶香が考えているのは、そういうこととはまったくちがう、極めてプライベートな昨夜の夫とのことだった。

夫からのプレゼント、性癖についての夫の告白、そして夫との偏執的な行為

——すべてが沙耶香にとって驚くべきことであり、ショッキングなことだった。

とりわけ、夫のマゾヒスティックな願望に応じて顔にまたがってからのことが、ショックが大きかった。

沙耶香としては当初、夫をいじめている気持ちだった。

ところがショーツ越しに恥ずかしい部分に夫の熱い息遣いと舌を感じているうちゾクゾクしてきて、さらにショーツを横にずらされて直接秘部を舐めまわされるとたまらないほど感じて、どちらが責めているのかわからなかった。

それどころか、夫の舌が膣に侵入してきてかきまわされると、我慢しきれずにイッてしまったのだ。

そして、夫に求められるまま、女上位のシックスナインの体勢で怒張を手にすると、フェラチオしたのだった。しかも夫の舌でなおも快感をかきたてられて、夢中になって怒張を舐めまわし、くわえてしごくいやらしいフェラチオを。

そんな妻の反応に、夫は気をよくしたようだった。

それに、これまで秘密にしていた性癖を打ち明けたことで解放的な気持ちになったのか、いつになく強引だった。

シックスナインのあと「後ろからしよう」といって、沙耶香がいやがる素振り

──いままでも本心ではなく、まさに素振りだったのだが──を見せてもかまわず、四つん這いの体勢を取らせたのだ。

この犯されるような体位での行為に、沙耶香はマゾヒスティックな興奮をかきたてられてますます感じてしまった。

それも興奮のピークは、夫が突きたててきながら、沙耶香の片方の手を取って引き寄せ、それで沙耶香の体勢が崩れて前のめりになったところで夫が一方の手も取って、両手を後ろにまわして手首を交叉した状態にして押さえ込んだときだった。

夫がどう思ってそうしたのかわからない。だがそのとき沙耶香の脳裏には、両手を拘束されて後ろから犯されているイメージが浮かびあがって、それだけで達しそうな興奮に襲われたのだ。

これまでのことを考えると、沙耶香にとって昨夜の夫とのことは、まだ戸惑いや動揺はあるものの、わるい出来事ではなかった。夫婦関係、とくにセックスについて、少しは理解し合えたのではないかと思えたからだった。

ところが沙耶香の気持ちは晴れなかった。

京田尚人とのことが、気持ちに重くのしかかっていた。

福岡から帰ってきて以来、京田は沙耶香に対してあの夜にあったことを匂わせるようなようすを見せたことはなかった。むしろ、まるでなにごともなかったかのように振る舞っていた。

だが、だからといって沙耶香のほうはそれではすまなかった。

それというのも沙耶香自身、あの情痴の中で「このことは忘れて」といったものの、京田の約束を取りつけるまでにはいたっていなかったからだった。

帰りの飛行機の中でも帰京してからも、あらためてそのことを切り出すのは気恥ずかしくてできず、そのままになっていた。

ただ、沙耶香の気持ちは決まっていた。京田とのことは、夫に隠しておくことはできない、ちゃんと正直に話すべきだと。

その結果、どういうことになろうとも責任は取るつもりだった。

そういう気持ちになったのは、昨夜の夫とのセックスのあとだった。

沙耶香の夫に対する気持ちは、醒めているわけではなかった。これまでセックスの面ではうまくいっているとはいえなかった――それもほとんどが沙耶香自身が原因だった――けれど、そしてそのために夫を裏切ることになってしまったけれど、気持ちの面では夫のことを愛していた。

沙耶香の性分として、だからこそ夫には本当のことをいわなければと思うのだった。

そんな沙耶香にとって、深まりゆく秋の気配をたたえている風景に、胸に迫りくるような憂愁を感じさせられた。

そのときドアがノックされて、沙耶香は振り向き、「はい」と返事をした。

ドアが開いて、

「失礼します」

といって秘書の京田尚人が入ってきた。

「先生、もうすぐ会議の時間です」

そういわれて沙耶香は壁の掛け時計を見た。会議がはじまるまでには、まだ少々時間の余裕があった。

「まだ早いんじゃない」

沙耶香はうろたえていった。京田が近づいてきたからだ。

「ええ。ちょっと先生に話があったものですから……」

目の前に立って笑いかけてきた京田から沙耶香は眼をそらし、動揺を隠していった。

「話ってなに？」

「今日の夜、先生と逢いたいんです。できればぼくの部屋か、それが無理だったらホテルで」

「だめよ、そんなこと。この前いったはずよ、忘れてって」

沙耶香は強い口調でいった。

「忘れるなんて無理ですよ。ホントは先生だって、そうでしょ。ぼく、この三日間、我慢してたんです」

いうなり京田は沙耶香を抱きしめ、キスしてきた。

「やめてッ。やめなさいッ」

沙耶香は顔を振って逃れながら、叱責するようにいった。

だがつぎの瞬間、息を呑むと同時にゾクッと軀がふるえた。

京田の両手でヒップを抱え込んで引き寄せられ、下腹部に強張りを押しつけられたのだ。ズボンとスカート越しにでも、それが生々しく感じられるほど強く。

沙耶香は喘ぎそうになった。

その隙を突かれて、京田に唇を奪われた。

京田は強引に舌を入れてこようとする。

沙耶香は顔を振りたてて拒んだ。

それでも京田はやめない。なおもキスしようとする。しかも沙耶香の腰をグイグイ引き寄せながら。

それに合わせて、はっきり勃起しているとわかるペニスが下腹部に押しつけられる。

あの夜の、まるで鉄のように硬直したペニスが脳裏に浮かび、それを抽送されて『もうどうなってもいい、死んでもいい』と思ったときの、めくるめく快感がフィードバックされて軀を駆け抜けて、沙耶香はふるえて喘いだ。

京田が舌を差し入れてからめてきた。

そうせずにはいられず、沙耶香も舌をからめていった。抑えがたい昂りが、ひとりでにせつなげな鼻声になった。

2

上昇するホテルのエレベーターの中で、尚人は夢見心地になっていた。

現実離れした楽しみが待っている、別世界に向かっているような気分だった。

沙耶香先生との、福岡での一夜は、あとで考えてみても、というより考えてみればみるほど、信じられないことだった。

あの蓮見沙耶香があんなことを……そう思うと、一夜明けたとき、夢でも見たような気持ちになったものだ。

沙耶香先生のような人が、なぜあんなことをしたのか、いまもって尚人にはわからない。

よほどのストレスがあったのか。そう思っていろいろ考えてみたが、どれも当てはまりそうになかった。

もともと尚人自身、沙耶香先生はストレスなどで自分を見失うような人ではないと思っていたせいもある。

それだけに尚人にとって福岡での一夜はショックでもあった。

反面、沙耶香先生は憧れの人だっただけに、その人と関係を持つことができたのは、それもあんな刺戟的なプレイまでできたのは、天にも昇るような喜びだった。

そして当然のことに、ショックよりも喜びのほうがはるかに大きかった。

福岡から帰ってきて以来、尚人は先生のことが頭から離れなかった。

すぐにも、ふたりきりで逢いたかった。

だが先生の立場を考えると、それはいけないと思った。

多少の自制心が働いて、我慢していた。

ところが我慢は早々に苦痛になってきた。

先生の、あの熟れた色っぽい軀、ふだんの印象とは真逆のマゾヒスティックな快感に燃える性、それにまるでエロティックなイキモノのような名器……それを想うと、いてもたってもいられなくなったのだ。

それで今日の昼間、先生の書斎に押しかけて、逢ってくれるように迫ったのだった。

先生は最初こそ拒否したけれど、尚人が強引に抱き寄せ、書斎に入ってたちまち勃起していた怒張を下腹部にグイグイ押しつけると、拒んでいたキスに応じたばかりか、たまらなさそうな鼻声を洩らして先生のほうからも舌を熱っぽくからめてきた。

それが、逢ってくれるように迫った尚人への、先生の答えだった。

尚人は浮きたった気持ちで、教えられた部屋の前に立った。

チャイムを鳴らすと、ほどなくドアが開いた。

紺色のバスローブをまとった沙耶香先生が立っていた。

先生はドアを開けただけで、黙って部屋の奥に向かった。尚人も黙って部屋に入り、先生のあとにつづいた。

どうやら先生はシャワーを浴びて、ハイボールを飲んでいたようだ。テーブルの上にその缶と空になったグラスが置いてあった。

尚人のほうはホテルにくる前、夕食を摂りがてらビールを飲んできていた。

「先生、逢ってくださってありがとうございます」

いうなり尚人は、背中を向けて立ったままの先生を抱き寄せた。

「待って。その前に、わたしの話を聞いてちょうだい」

先生が感情を抑えたような感じでいった。

「なんですか」

「こんなことは、もうこれっきりにするって約束して。そうじゃないとわたし、夫にすべて話すわ」

先生の口調は、ただの脅しではなく、その覚悟を感じさせた。

「でもそんなことをしたら、先生だって困るんじゃないですか」

「仕方ないでしょ。自業自得ですもの。覚悟はしてるわ」

「離婚するんですか」

「それは夫が決めることよ。でもすべてを話した以上、わたしは結婚をつづけていくことはできないわ」

議員としての物言いも態度も毅然としている先生らしく、きっぱりといいきった。

尚人はうろたえていった。

「先生、ご主人にいうの、やめてください」

「じゃあこれっきりにするって、約束するのね？」

「ちがいます。いますぐ先生と逢えなくなるなんて、ぼくは耐えられません。絶対にいやです。ご主人にわからないように気をつければいいじゃないですか」

「勝手なことをいわないで。あなたはそれでいいかもしれないけど、夫を裏切りつづけるなんてこと、わたしにはできないわ。だから約束するかしないか、はっきりいって」

「……わかりました。じゃあ先生と楽しんだあとでいいます」

問い詰められた尚人は返答に窮し、苦し紛れにいってバスローブの胸元から手を差し入れた。

「そんな！　だめッ……」

先生はあわてて尚人の手を制しようとする。

尚人は強引に手を差し込むと乳房をとらえ、揉みしだいた。

「いやッ、だめッ……」

先生は身悶えながら、うわずった声でいう。

シャワーを浴びたあとだからか、乳房の感触はしっとりしている。優しいきれいな形状の膨らみを想い浮かべて揉みたてながら、尚人は一方の手でバスローブの紐を解いた。

先生はブラはつけていなかったがショーツは穿いていた。

尚人は先生の首筋に唇を這わせながら乳房を揉み、片方の手でショーツの上から秘苑をまさぐった。

「ああいやッ……ああんだめッ……」

先生がふるえをおびた声を洩らしてのけぞり、腰をくねらせる。

尚人には、先生が感じてきているのがわかった。乳首がしこって尖り勃ってきているし、息遣いや声、それに身悶えにそれが現れている。

尚人はショーツの中に手を差し入れた。

濃いヘアの感触……。

「だめッ」

うろたえたような先生の声……。

締めつけている腿の付け根に、尚人は手をこじ入れた。

ベトッとした粘膜が手に触れた。

「すごいな。先生、もうビチョビチョですよ」

尚人は先生の耳元で囁いた。

「いやッ」

先生がいたたまれないような声でいって身悶える。

「ああ、こんな辱めにあうんだったら、いっそのこと両手を縛って」

突然、先生が昂った声でいった。

尚人は一瞬、耳を疑った。

驚愕につづいて興奮し、バスローブをむしり取った。

先生は身をすくめるようにして喘いだ。

尚人の目の前に、白いショーツをつけただけの裸身が、背中を向けて立っている。

その、まさに女体の官能美の極致のような後ろ姿に欲情を煽られて、尚人はいった。

「じゃあ先生のリクエストどおり、縛ってあげますよ。ほら、両手を後ろにまわして」

先生は無言でうなだれ、セミロングの黒髪の分かれ目から白い色っぽいうなじを覗き見せて、おずおず両手を後ろにまわした。

尚人は手早くネクタイを解くと、それで先生の手首を交叉させて縛った。

その後ろ姿を見てゾクゾクしながら、そして気が急いてもどかしがりながらスーツを脱ぎ捨てていった。

3

沙耶香は後ろから京田に抱き寄せられた。

京田もパンツだけになっているらしい。密着した軀の感触でそれがわかった。

わかったのはそれだけではない。尚人が故意にそうしているようだ。ヒップに押しつけられている強張りの感触に、カッと軀が熱くなり、ふるえた。

京田が両手で乳房を揉みたてる。

「あぁッ……」

沙耶香は喘いだ。

否応なく甘いうずきをかきたてられて、ひとりでに軀がくねる。

さらに、そのうずきで内腿がくすぐられて、両脚をすり合わさずにはいられない。

「先生、ほら乳首、オッ勃ってますよ」

京田が耳を口でなぶりながらいって、両手で乳首をつまんでこねる。

「アウッ!」

沙耶香は呻き声をあげた。快感の疼痛に襲われて、軀がわななく。

「先生はマゾッ気があるから、こうやっていたぶられるのがたまらないんじゃないですか」

そういって京田がなおも乳首をつねり上げる。しかも怒張をヒップにグイグイこすりつけてきながら。

「ウンッ、だめッ……アンッ、いやッ……」

沙耶香は息せききっていいながら、軀をくねらせた。

「だめ」とか「いや」とかとは裏腹に、責めなぶられてマゾヒスティックな興奮と快感をかきたてられて、自分でもわかる感じた声になってしまう。

京田がまたショーツの中に手を差し入れてきた。

沙耶香はあわてて太腿を締めつけた。だが締めつけていられず、ヒクヒクふるえて、股間への京田の手の侵入を許してしまう。

京田の指が、いやらしいほど濡れているクレバスに滑り込んでくる。

「手を縛られたら、ますます感じてるみたいですね。ほらここ、ヒクヒクしてますよ、先生」

指先で膣口をこねまわしながら、京田がいう。

「いやッ、やめてッ」

京田の言葉を振り払うように、沙耶香はかぶりを振っていった。

だがゾクゾクする快感に襲われて、弱々しい顔の動きにしかならず、声も力ない感じにしかならなかった。

それより腰がひとりでに律動してしまう。京田の指がクレバスをこするのだ。

「ウウンだめッ……アアンいやッ……」

沙耶香はうろたえた。

過敏なクリトリスや膣口を指でこすられてかきたてられる快感が、両手を拘束されて弄ばれるという状態によって、さらにたまらないものになる。

快感だけではない。興奮もそうだ。

もはや抑制は効かない。沙耶香はこらえきれず感泣しながらクイクイ腰を振っていた。

「なんですか先生、そのいやらしい腰つきは。この指がほしくて、もう我慢できないって感じじゃないですか」

京田が笑いを含んだような声でいって、思わせぶりに秘芯を指先でこねる。

「アアそこッ……」

思わず沙耶香はいった。声がうわずってふるえた。

「ここがなんです？」

京田が指を秘口に入れかけて訊く。

指を挿入されたとたんにイッてしまう予感に襲われて、沙耶香は腰をくねらせていった。

「いやッ！」

「ここは物欲しそうにヒクついてますよ。ほしくないんですか」

京田はなおも指で秘口をなぶりながら訊く。

「しらないッ」

恥辱感を煽られると同時に自暴自棄になって、沙耶香はいった。

「じゃあ教えてあげましょう。先生のここが、どんなに指をほしがってるか」

いうなり京田は指を挿し入れてきた。

「アーッ！」

ヌルーッと滑り込んでくる指でかきたてられる快感に、沙耶香は抗しきれず、一気に絶頂に追い上げられて、感じ入った声と一緒に軀がわなないた。

「先生、イッちゃったんじゃないですか」

京田が興奮したような声で訊く。

沙耶香は息を乱しながら、弱々しくかぶりを振った。

「イッたとはいえないですか」

京田は笑っているような声でいうと、

「それより先生のここ、いやらしくうごめいてますよ。ぼくの指を締めつけてくわえ込もうとするみたいに」

「いやッ、やめてッ」

沙耶香自身わかっている動きを指摘されて羞恥を煽られ、悲痛な声でいった。

それでいて、軀が熱くなり気持ちが昂っていた。

「先生の名器を感じてたら、ぼくも我慢できなくなってきましたよ」

京田はそういうと指を抜き、沙耶香を自分のほうに向き直らせた。

沙耶香が京田の顔を見ることができず、うつむいていると、

「こんどは先生がぼくを気持ちよくしてください。そういえばぼくが先生になにを求めているか、わかりますよね」

そういって両手を沙耶香の肩にかけると、下に向けて押さえた。

沙耶香は京田の前にひざまずく格好になった。

京田がいったとおり、彼がなにを求めているかわかっていた。彼の前に沙耶香をひざまずかせて、フェラチオをさせようとしているのだ。

議員と秘書という、ふだんのふたりの立場からは考えられない格好でそんな行為をすることに、沙耶香はたまらない屈辱感をおぼえた。

それだけではなかった。頭が熱くなるような興奮もおぼえていた。

そんな沙耶香に、京田は見せつけるようにしてパンツを下ろした。

怒張がブルンと生々しく弾んで露出したのを見て、沙耶香は息が詰まり、秘芯

がざわめいて軀がふるえた。

「さ、先生、思いきりいやらしくしゃぶってください」

京田が腰を突き出して、亀頭を沙耶香の口元に押しつけてくる。

「いや……」

沙耶香は眼をつむってかぶりを振った。

そうすることによって怒張で顔を撫でられ、よけいにおぞましさをかきたてられた。だがそれも一瞬のことで、めくるめく興奮に襲われる。

沙耶香は舌を覗かせて亀頭にからめていった。

興奮に衝き動かされて、亀頭をねっとりと舐めまわし、肉茎全体に舌を這わせていく。

そうしようとすると、手が使えないため、どうしても顔を右に左に傾けなければならない。

沙耶香にはそれがよけいにいやらしく思えてたまらない。

ましてそれを京田に見られていると思うと、火のような恥辱感に襲われる。

ところがいまの沙耶香にとって、恥辱感は興奮が高まる媚薬のようなものだった。

「驚いたな。先生がこんないやらしいおしゃぶりをするなんて信じられない」

沙耶香が興奮のあまり息を乱し、せつない鼻声を洩らしてフェラチオに夢中になっていると、京田がうわずった声でいった。

京田も欲情をかきたてられているようだ。沙耶香がくわえてしごくのをやめて舐めまわそうとすると、怒張がまるでイキのいい魚のように跳ねて、沙耶香の顔を叩く。

「ああ……」

沙耶香が昂った声を洩らすと、京田は腰を引いた。そして、沙耶香を抱いて立たせた。

沙耶香は片方の脚を内側にすり寄せた。手を縛られているので胸は隠しようがない。むき出しの乳房が、京田の視線を感じて大きく喘いだ。

京田は沙耶香の前にひざまずくと、上の部分がストレッチレースになっている白いショーツに両手をかけた。

ゆっくり、脱がすのを楽しんでいるかのように、ショーツを下げていく。

沙耶香は声もないまま、腰をくねらせた。

京田はショーツを脱がすと、沙耶香をそばの肘掛け椅子に座らせた。

いやな予感に襲われて、沙耶香は軀を硬くした。

「さ、先生、最高に刺戟的な格好にしてあげますよ」

予感は的中した。京田はそういうなり沙耶香の両脚を抱え上げて、椅子の肘掛けをまたがせたのだ。

「いやッ、だめッ!」

とたんに沙耶香は火のような羞恥に炙りたてられて身悶えた。

だが両手を後ろ手に縛られ、肘掛けを京田の両手でつかまれていては、それ以上どうすることもできない。

「先生、まる見えですよ。いい眺めだなァ。見てるだけでぼく、漏れちゃいそうですよ」

「いやッ、見ないでッ」

沙耶香は声がふるえた。開かされている脚もふるえが止まらない。

そのとき、京田の手が秘唇を開いた。沙耶香は息を呑んだ。

「オオッ、すごいッ。先生のオ××コの中、まるでここだけべつのイキモノみたいにうごめいてますよ」

京田が興奮した声でいう。

沙耶香はもう言葉を口にすることができなかった。京田にいわれた恥ずかしいうごめきは自分でもわかった。そのうごめきに合わせて息が弾んでいた。

京田がそこに口をつけてきた。

沙耶香は昂った声を放ってのけぞった。

京田の舌が過敏な肉芽をとらえてこねまわす。さらに弾く。

否応なくかきたてられる、こらえようのない快感が、そのまま泣き声になる。

京田は肉芽だけでなく、秘口もなぶる。たまらなくうずいているそこを舐めまわすかと思えば、また肉芽に舌を使う。それを繰り返す。

沙耶香は翻弄された。そればかりか早々に絶頂が迫ってきた。

「だめッ、アアッ、もうだめッ」

息せききっていうと、快感に軀を貫かれてのけぞった。

「アーッ、イクッ、イッちゃう！」

達して、手放しのオルガスムスのふるえに襲われた。

「先生、この前よりもマジイキしたんじゃないですか」

放心状態で息を弾ませながら軀をヒクつかせている沙耶香を見て、京田が誇らしげにいった。

沙耶香をここまで感じさせてイカせたことで、そう思ったらしい。実際、沙耶香自身、こんなにも自分を解き放ってアクメに達したことは、夫との行為でも、この前の京田との行為でもなかった。

そのぶん、京田の口でイカされた軀は、泣きたいほど、たまらなくうずいていた。

「先生、どうしたんですか。そのいやらしい腰つきは」

京田が見透かしたように訊く。

「ううん、いや……」

沙耶香は腰をもじつかせながらいった。秘奥のうずきそのままに、たまらなさそうな声になった。

「わかってますよ。早くこれがほしいんでしょ」

京田がいきり勃っている怒張を手で揺すって見せつける。

文字どおり喉から手が出るほど、それがほしい。だがせめてもの矜持《きょうじ》を保とうとしてそういえず、

「いやッ、しらないッ」

といって沙耶香は顔をそむけた。欲情が浮きたって顔が強張っているのがわかった。

「そうですか。じゃあ、先生の名器に訊いてみるしかないですね」

そういうと京田は怒張を秘芯にあて、まるくこねるようにする。

「うう～ん、だめッ……」

沙耶香は狼狽した。もどかしさに、ひとりでに腰がいやらしくうごめいてしまう。

そこを早く、硬いペニスで突き刺して！

露骨な思いが込み上げてきて、それに駆られていった。

「アアそれ、入れてッ」

「どこに？　この前みたいにいやらしい言葉でいって」

京田が亀頭で秘口をこねまわしながら、けしかけるようにいう。

「いやッ」

と、沙耶香はかぶりを振った。

卑猥な言葉が頭に浮かぶ。とたんにめまいがするような興奮に襲われた。

「アアッ、オ××コに入れてッ」

亀頭がヌルッと入ってきて、そのまま奥まで滑り込んでくる。

「ウーン……アアッ！」

沙耶香はのけぞると、それだけで達して軀がふるえた。

「ああ、気持ちいい。先生、締めつけてくわえ込んでますよ。ああ、たまんない」

京田が興奮した声でいって、怒張を抽送する。

「ほら先生、見て。いい眺めですよ」

京田がいうのにつられて、沙耶香は股間を見た。

「いやッ、いやらしい！」

羞恥に焼かれて、声がふるえた。

それでいて、そこから眼が離せない。これ以上ない生々しい淫猥な光景に釘付けになって、興奮を煽られてまともに息ができない。

肉びらが硬直した肉棒をくわえたような状態で、肉棒がピストン運動をしている。肉びらも肉棒も蜜にまみれているけれど、肉棒はあふれる蜜を受けて、溶けたバターに浸かったようにヌラヌラしている。

「気持ちいいなァ。先生のオ××コ、最高ですよ。先生はどうです？」

斜めに倒した軀を、両手で椅子の肘掛けをつかんで支えている京田が、腰を律動させて怒張を抽送しながら感に堪えないようにいって、沙耶香に訊く。

沙耶香はもう自分を失っていた。そして、感じること、思うことすべてに忠実になっていた。

「ああいいッ、いいわァ」

淫猥な光景を凝視したままいった。だがその光景がぼやけて見えていた。イキそうになっているからだった。

4

沙耶香は覚悟を決めていた。

京田は沙耶香との関係をすぐにはあきらめてくれそうになかった。

それはだが、京田だけでなく、京田との情事を断ち切ることができない沙耶香の責任でもあった。

こんな状態のまま、夫との夫婦生活をつづけていくことは許されないし、できない。

そう考えて、夫に打ち明ける覚悟をしたのだ。

その結果、離婚になっても致し方ないと思っていた。自分が蒔いた種は、ちゃんと自分で刈り取るべきだと。

京田のことを夫に打ち明けるとき、遠山周造とのことも話そうと沙耶香は考えていた。

遠山は先頃体調を崩して——そのため沙耶香が代理で福岡にいって、そこで京田と不倫を犯すことになったのだが——そのまま入院していた。ただ、ここにきて退院し、近々快気祝いをするということだった。

ただ、覚悟を決めたものの、沙耶香の気持ちは鉛を呑み込んでいるかのようだった。

夫は自分の性癖を沙耶香に打ち明けて以来、それを隠す必要がなくなったため、沙耶香とのセックスを楽しみにしているようすがありありで、実際楽しんでいる。

それを思うと、沙耶香は申し訳なくて、暗澹とした気持ちになる。

それに沙耶香自身、夫とのセックスがこれまでにない、いい方向に向かっていきそうな感じがしていただけに、気持ちでは繋がっていると思っている夫との関係が破綻するのは、残念で仕方なかった。

その夜、夫よりも先に帰宅して、リビングルームのソファでワインを飲みながら、夫を待ち受けていた。

夫の帰宅は、十時ごろになるということだった。

その時刻がちかづくにつれて、沙耶香は吐き気を催しそうな気分になってきた。

ワインの酔いのせいではなく、極度の緊張と強い不快感のためだった。

議員になってからも、これほどの緊張に襲われたことはなかった。

夫が帰宅した気配を感じた瞬間、心臓がわしづかまれたようだった。

沙耶香は明かりを間接照明だけにしていた。

夫がリビングルームに入ってきた。

「どうしたの⁉」

驚いたような声でいうと、歩み寄ってきて、

「めずらしいな、ひとりで家飲みなんて。なにかあったの？」

ソファに鞄を置きながら訊く。

「あなたに、お話があるの」

沙耶香は夫を見ずにいった。ひとりでに硬い声になった。

「話？　なに？」

ただごとではないと察したらしく、夫が慎重な口調で訊く。

「ごめんなさい。わたし、あなたのこと、裏切ったの」

「裏切ったって、どういうこと?」

沙耶香は京田尚人とのことを包み隠さず話した。

夫は黙って聞いていた。

沙耶香は終始うつむいて話していたので、夫の表情はわからなかった。

話し終えても、夫は押し黙っていた。重苦しい、長い沈黙がつづいた。

——と、夫は黙ったまま、沙耶香のそばを離れた。

キッチンにいった。冷蔵庫を開け閉めする音につづき、おそらく缶ビールだろう、プルトップを引く音がして、それを勢いよく飲む気配があった。

「で、きみはどうしたいんだ?」

夫がやっと言葉を発した。

沙耶香は覚悟を口にした。

「わたしからいえることはなにもありません。離婚されても仕方ないと思っています」

「……そうか」

一呼吸置いて夫はいった。

「ぼくとしては、突然のことなので、まだ頭が混乱している。少し考えさせてほしい」

「わかりました」

沙耶香はそういって立ち上がった。

5

妻の沙耶香から不倫を打ち明けられて、四日後の夜だった。

蓮見悠一郎は、常連というほどではないがたまにひとりで飲みたくなったときやってくるバーの、カウンターに座っていた。

沙耶香の話は蓮見にとって、まさに晴天の霹靂だった。

まさか沙耶香が不倫するなど、想ってもいなかった。それ以前に沙耶香にかぎってありえないと思っていた。というより想ったり考えたりしたことさえなかった。

それだけに話を聞いたときは、ショックを受けるよりも耳を疑った。

だが現実に起きたことだとわかったとたん、いきなり頭を殴打されたようなショックを受けて頭の中が真っ白になった。

その夜はいろいろな感情や考えが入り乱れて頭が混乱し、ほとんど眠れなかった。

それというのも、蓮見のショックは、妻が若い秘書の京田尚人と関係を持ったことだけではなかったからである。

京田とのことを話したとき、あろうことか妻は以前から自分の中に潜んでいたマゾヒスティックな欲望について打ち明けたのだ。

蓮見にとってそれは、京田との不倫以上にショッキングなことだった。

これまで妻にそんな欲望があろうなどとは、ついぞ思ったこともなかった。

だからこそ、蓮見自身、自分の性癖を隠し、いつ妻に打ち明けて理解してもらおうかと苦心していたのだ。

妻がいうには、マゾヒスティックな欲望にめざめたのは、遠山との偏執的なプレイだったらしい。

おそらく、遠山から女王様役のようなことをさせられているうち、それがきっかけになってそれとは反対の、妻の中に眠っていたマゾヒスティックな欲望がめざめた、ということだろう。

〝逆転プレイ〟を経験している蓮見には、そう想えた。

マゾヒスティックな欲望について、妻が蓮見に話したことを要約すると――。

妻はそれを隠そうとした。淫らで恥ずかしいことだから、蓮見には絶対に気づかれてはいけないと思った。そのため蓮見とのセックスでは、感じて乱れることがないよう、極力耐えて我慢した。

ところがそのストレスが、地方都市のホテルとアルコールの酔いという気の弛みを誘う状況もあって、妻自身、魔が差したとしかいいようのない形で出てしまった……。

蓮見がわずかながら冷静になって考えたり思ったりすることができるようになるまでに、二日かかった。

そこにいたるまで、蓮見は怒りや嫉妬に苦しめられた。とりわけ嫉妬は、気持ちがおかしくなりそうなほどのものだった。

ただ、沙耶香と遠山周造の関係については、蓮見が疑ったとおりだったがそこまで激しい嫉妬はおぼえなかった。

それは遠山が尻フェチ脚フェチのマゾヒストで、『ラビリンス』の麻矢の口ぶりからしてセックスの関係はなさそうなのと、遠山が『ラビリンス』の会員になったのが蓮見と沙耶香が結婚した直後ということからして、沙耶香との秘密の関係自体ないらしいとわかったからだった。

それよりも妻と京田のことを考えているうち、蓮見はうろたえた。嫉妬をかきたてられながらも、いつのまにかペニスが充血して強張ってきていたのだ。

それからだった。蓮見自身、信じられないような、それでいて興奮する考えが頭に浮かんできたのは。それも経験したことのない、屈折した興奮だった。

京田尚人は、蓮見がいった時刻ほぼきっかりにバーに入ってきた。

蓮見は昨日、京田の携帯に電話をかけて、折入って話があるので会いたい、このことは妻には内緒してもらいたい——べつにいってもかまわなかったのだが、京田によりプレッシャーかけるためにそういった——といって会う時刻と場所を伝えたのだ。

そのとき、一瞬絶句したような間があって、「わかりました」と京田は神妙な声でいった。

携帯を通しても、一瞬の間からはやましい気持ちがあるはずの京田の狼狽ぶりが、そして神妙な声からは緊張しているようすが生々しく伝わってきた。

バーに入ってきた京田も、可哀相なほど緊張しきった表情をしていた。

そばまできた京田に、蓮見は「座りなさい」といって隣のカウンターチェアをすすめた。

「失礼します」

硬い口調でいって、京田は椅子に腰かけた。

バーテンダーがやってきて、京田の注文を訊いた。

「好きなものを頼めばいい」

迷っている京田に蓮見がいうと、

「じゃあ、ぼくも同じものを……」

京田はそういった。蓮見はバーボンのオンザロックを飲んでいた。

重苦しい沈黙が流れた。もっとも、京田にかぎってのことだろうが。

京田は強張った表情で、まさに借りてきた猫のように畏まっている。

その前のカウンターに、琥珀色の液体に透明な球体が浮かんだグラスが置かれた。バーテンダーが離れるのを待って、蓮見は口を開いた。

「乾杯をする状況ではないのは、もうきみもわかってるだろう」

京田の表情に動揺の色が現れた。

「飲みなさい。飲まずにはいられないだろう」

そういわれるのを待っていたかのように京田はグラスを手にすると、バーボンを飲む。

それを見ながら、蓮見はいった。

「妻からみんな聞いたよ」

グラスに口をつけたまま、京田は固まった。そして、グラスをおずおずといった感じでカウンターの上に置くと、それを見つめたまま、

「すみません」

と、声を押し出すようにいった。

蓮見はゆっくりバーボンを飲んでから、

「わるいことをしたと思っているのかね？」

「はい。先生にも、蓮見さんにも、大変申し訳ないことをしたと思ってます。本当にすみません」

京田は恐縮しきって謝った。

「きみは、妻のことをどう思ってるんだ？」

京田の顔に、どう答えていいかわからず困惑しているような表情が浮かんだ。

「妻は魔が差したといってるけど、きみのほうは一時の欲情に任せてということかね？」

「そんな……ぼくは、先生のことが前から好きだったんです」

思わずいってしまったのか、そういってから京田はあわてて「すみません」とまた謝った。

「いまはどうなんだ？」

「いけないことだと思ってます」

「そう思って、すぐに妻のことが忘れられるのかね？」

「そうしなきゃいけないと思ってます」

蓮見の問いかけに、京田はつづけて苦しげに答えた。

「きみは、なんども謝っているけど、これは謝ってすむことではないよ。それはわかってるかね？」

「はい、わかっています」

「じゃあ訊くけど、謝罪してもすまないときはどうする？」

「それは……」

京田は答えに詰まった。

蓮見はいった。

「責任を取る。それしかない。きみにも責任を取ってもらいたい」

京田は蓮見を見た。どんな責任を取らされるのか、恐れおののいているような表情をしている。

そんな京田に、蓮見は自身が歪んだ興奮をおぼえた考えを話した。

京田は黙って聞いていたが、その表情は驚き、唖然、呆然といろいろ変化し、蓮見が話し終えると、

「蓮見さん、それ、本気でおっしゃってるんですか!?」

信じられないという表情でいった。

「もちろん本気だよ。こんなことが冗談でいえると思うかね?」

「でも奥さんも、いえ先生もこのことを知ってて、了解されてるんですか」

京田が気負って訊く。

「当然だ。ぼくが愛を込めて説得したからね。あとはきみの返事しだいだよ」

蓮見は笑みを浮かべていうと、

「もっとも、きみにぼくたち夫婦に謝罪して責任を取る気があるなら、おのずと

返事は決まっていると思うけど、一応聞かせてもらおうか。どうだね」

「ぼくは、先生と蓮見さんがよければ、ＯＫです」

京田はまだ信じられないような表情でいった。

「じゃあ、妻はここにいないけど、三人の刺戟的な時のために乾杯しよう」

蓮見がそういってグラスを持ち上げると、京田もそれにならった。この夜初めてときめいているような表情を浮かべて。

6

帰宅してリビングルームに入っていくと、間接照明の柔らかい明かりにつつまれていた。

そこに妻の沙耶香の姿はなかった。

蓮見は調理台の上の明かりが点いているキッチンにいくと、冷蔵庫からミネラルウォーターを取り出して飲んだ。

それから洗面所に向かった。手早く歯を磨き、シャワーを浴びて、妻が眠れずに待っているだろう寝室にいこうと思いながら。

蓮見が沙耶香に京田との３Ｐを持ちかけたのは、昨日の夜のことだった。

その前に離婚を覚悟している妻に、離婚する気はまったくないと告げ、そして断じてそのかわりではないと断ったうえで、３Ｐの話を切り出したのだ。

当然のことに、それに蓮見自身予想していたことだが、沙耶香は驚いた。

それよりも蓮見がどうかしてしまったのではないかと思ったのかもしれない。蓮見の顔を、まるで見知らぬ他人を見るような表情でまじまじと見た。

蓮見が本気だとわかると、こんどは呆れ果てて感情的になって、なにをばかなことをいってるの、あなた自分がなにをいってるのかわかってるの、などと蓮見を罵った。

そんな沙耶香を、蓮見は辛抱強く言葉を尽くして説得した。

──そもそも沙耶香が京田と関係を持ったのは自分にも責任がある。自分が性癖を打ち明けていればそんなことにはならなかったと思う。

そんなことよりも自分は沙耶香を愛している。大切に思っている。その沙耶香が京田に抱かれると思うと、思っただけで気がおかしくなる。

でもわかっている。そのぶん自分の沙耶香を愛おしく思う気持ちが強くなることが。自分だけでなく、必ず沙耶香にもそんな気持ちが生まれると思う。

自分たち夫婦にとって、いまはそれが必要だ。その気持ちによって強い絆で結ばれることが……。

そういう意味のことを蓮見が熱っぽく語るのを、沙耶香は今夜の京田と同じように黙って聞いていた。

そして、京田と3Pをすることの同意を蓮見が求めると、

「あなたが、それでいいなら……」

と、沙耶香らしくない、歯切れのわるい言い方ながらそういったのだ。それもこれまた偶然にも京田と似た言い方で。

今夜、蓮見が京田と会って3Pの話をすることは、沙耶香も知っている。

そして、その結果がどうなったか気にしながら、蓮見の帰りを待っていたはずだった。

蓮見は浴室から出て、全裸にバスローブをまとうと、妻の寝室に向かった。

ドアの前に立って軽くノックすると、返事を待たず寝室に入った。

スタンドの明かりだけが点いていて、妻はベッドに入っていた。

「京田くんと会ってきたよ」

蓮見はベッドのそばに立って、背を向けている妻にいった。

「彼、最初は可哀相なぐらい緊張してたよ。ぼくになにをいわれるかと思っていたんだろうな」

いいながらバスローブを脱いでベッドに入ると、

「3Pの話を切り出したら、さすがに驚いたけど、『先生と蓮見さんがよければ、OKです』だってさ」

いうなりカバーを取り払った。

沙耶香が声もなく軀を硬くしたのがわかった。薄い黄色のシルクのパジャマを着ている。

蓮見は妻を向き直らせた。

妻は黙って顔をそむけた。強張ったような表情をしているが、気分をわるくしたわけでも怒っているわけでもなかった。どう見ても興奮のためだった。

——妻も3Pのことを考えていたのかも……。

蓮見はそう思って妻の手を取ると、早くも勃起しているペニスに導いた。

「シャワーを浴びながら、きみが四つん這いになってぼくのそれをくわえて、バックから京田くんに突きたてられてるシーンを想像したら、そんなになっちゃったんだ」

「そんな、いや……」

妻はふるえ声でいった。顔の昂りの色が一気に強まってきている感じだ。

それに、手で蓮見の強張りを撫でまわしている。妻みずからそんなことをするのは、初めてのことだった。

蓮見は気をよくすると同時に興奮してキスにいった。

妻の唇を奪い、舌を差し入れていくと、それを待っていたように妻はすんなり受け入れ、蓮見が舌をからめるのに合わせてせつなげな鼻声を洩らしてからめ返してくる。

こんなにスムーズな流れに乗って、妻が感じた反応を見せるのも初めてといっていい。

——おたがいに欲望を打ち明け合ったことで、妻の中の開かずの扉が開いたのかもしれない。

そう思いながら、蓮見は妻のパジャマの上着のボタンを外していった。

上着を取り、つぎにズボンを脱がすと、妻はクリーム色のショーツだけになった。

「両手を縛ったほうがいいかな」

腕で胸を隠している妻を見て、蓮見はいった。

「いや」

沙耶香はか弱い声を洩らした。到底いやがっているとは思えない。それどころか、期待している本心が見える感じだ。

蓮見はバスローブの紐を手にすると、沙耶香をうつ伏せにして両手を背中にまわさせ、手首を交叉して縛った。

「さあ、これでもう抵抗はできないぞ」

思わせぶりにいって脱がすのを楽しみながら、官能的に熟れた腰からゆっくりショーツをずり下げていく。

「ああ、いやッ、だめッ……」

沙耶香がいやがって身悶える。ただその声も、蓮見の思わせぶりな口調に合わせたような感じだ。

蓮見の目の前に、妻の裸の尻がある。

その白い、むっちりとした双丘が、女の尻に偏執的な欲求を持っている蓮見の興奮を煽って、怒張をうずかせる。

蓮見はそっと妻の尻に口をつけた。

アッ——驚いたような声と同時に尻がヒクついた。

蓮見は眼をつむって尻を頬ずりした。

「ううん……」

妻が戸惑ったような声を洩らして尻をうごめかす。

蓮見は欲望の赴くまま、まろやかな尻に顔をこすりつけ、さらには舐めまわし、そして双丘の間に顔を埋める。

そうしていると、興奮と陶酔が溶け合って、まさに至福の境地にいるような気持ちになるのだった。

そのとき、沙耶香の反応が、蓮見を至福の境地から引きもどした。

沙耶香はさももどかしそうに尻をくねらせている。それも股間を、というより秘苑を、蓮見の口元に押しつけるようにして。

蓮見は沙耶香の軀を仰向けにした。

沙耶香はこれまでに見たこともないほど凄艶な表情を浮かべて、息を弾ませている。

3Pのことも、強い刺戟になっているのかもしれない。まるで発情したかのようだ。

蓮見はわざと乱暴に妻の両脚を開いた。

「いやッ」

妻が声を発した。明らかに昂りが感じられる声だ。

濃いめの陰毛の下の覗き見えている生々しい肉びらにまで、濡れがひろがっている。

「派手に濡れてるぞ。いやらしいオ××コだ」

蓮見は妻に対して初めて卑猥な言葉を使った。

「そんな！　いやッ」

沙耶香がいたたまれないような表情を浮かべてかぶりを振る。それでいて、興奮しているようすもはっきりある。

蓮見は妻の股間に襲いかかるように顔をうずめた。そして、そのまま責めたてるように、女蜜にまみれている割れ目に舌を使った。

すぐに妻の口から泣くような喘ぎ声がたちはじめた。

もはや遠慮も手加減も必要ない。責めたてることが、妻を感じさせ歓ばせることになるのだから。

妻を絶頂に追いやるのに、さして手間も時間もかからなかった。それを予感させる反応を見せはじめたところで、膨れあがっている肉芽を蓮見が激しく舌で弾くと、妻はよがり泣きながら絶頂を告げてのけぞり、軀をわななかせた。

そこで蓮見は妻の両手を縛っている紐を解くと、自分が仰向けてに寝て、妻に上になってシックスナインの体勢を取るよう命じた。

アクメに達して凄艶な表情で息を弾ませている妻は、黙って蓮見の反対を向いて上になり、顔をまたいだ。これまでは考えられないことだった。

目の前に差し出された、まろやかな尻とその間にあらわになっている秘苑。

美しい白磁のようなまるみとは対照的に、秘苑の眺めは生々しく淫猥だ。

それに興奮と欲情を煽られて、蓮見は両手で尻を撫でまわした。

「ううん……」

沙耶香が艶かしい声を洩らして、恥ずかしそうに腰をくねらせる。

蓮見は両手を尻の間に這わせ、濡れそぼっている肉びらを押し分けた。

ぱっくりと肉びらが開くと同時に、沙耶香がうわずった喘ぎ声を洩らした。

あからさまになった、きれいなピンク色をした粘膜が、イソギンチャクの口を想わせる秘口と一緒にエロティックにうごめいている。

そこへ蓮見は口をつけた。

沙耶香がふるえをおびた声を洩らして腰をヒクつかせた。沙耶香のほうはまだ蓮見の怒張に手も口も触れていない。

蓮見は舌で過敏な肉芽をまさぐってこねた。

「アンッ……アアッ……」

昂った声を洩らす沙耶香が怒張を手にした。亀頭にねっとりと舌をからめてくる。

蓮見はゾクゾクする快感を味わいながら肉芽をなぶり、割れ目をなぞり、秘口をくすぐったりした。

沙耶香は感じてたまらなくなっているらしく、怒張をくわえてしごいたり、口から出して舐めまわしたりしている。それもせつなげな声を洩らして身をくねらせるようにしながら。

クンニリングスとフェラチオの応酬になった。

「アアッ、あなた、もうだめッ」

沙耶香がたまりかねたようにいった。

蓮見はトドメを刺すべく、膨れあがっている肉芽を舌で激しく弾いた。

「アアだめッ、イクッ、イッちゃう」

沙耶香は怯えたようにいうと、蓮見の腰にしがみつき、

「イクイクイクッ——！」

泣き声で追いたてられるように絶頂を訴えながら軀をわななかせた。

それは、妻が初めて蓮見に見せた手放しのイキ方だった。

感動と一緒に興奮を煽られた蓮見は、上になったまま軀をヒクつかせている妻を抱き起こすと、騎乗位の体勢を取るよう導いた。

妻はいやがらず、アクメの余韻が浮き出た凄艶な表情で、蓮見の腰をまたいだ。

そして、股間を覗き込んで怒張を手にすると、みずから亀頭を割れ目にこすりつけて、ヌルッと収めた。

そのまま、息を詰めて亀頭が収まっている秘口に神経を集中しているような表情で、ゆっくり腰を落としていく。

ヌルーッと怒張が名器の蜜壺に滑り込んでいく、えもいわれぬ快感に、蓮見はふるえそうになった。

「アーッ、いいッ！」

腰を落としきった沙耶香が苦悶の表情を浮かべ、感じ入った声を放ってのけぞった。

蓮見は両手を伸ばし、きれいな形をしている乳房をとらえて揉んだ。

「ほら、沙耶香の好きなように動いてごらん」

沙耶香は蓮見の両腕につかまると、クイクイ腰を振る。

「アアいいッ、奥に当たってるッ!」

感じ入っているような、ふるえ声でいう。

亀頭と子宮口がグリグリこすれ合っているのだ。

蓮見は両手を沙耶香の両手にからめて訊いた。

「どこがいいんだ?」

沙耶香が蓮見を見た。戸惑ったように。

瞬間、蓮見は思った。

──いやがるか、答えたとしても「そこ」というんじゃないか。

ところが、どっちもちがっていた。

「オ××コ」

と、妻はいったのだ。その卑猥な言葉を口にする前、悩ましい表情に一気に昂りの色を浮きたてて。

「アアッ、オ××コいいッ」

一瞬、見とれてしまった蓮見は、妻のたまらなさそうな声とさらにリズミカルに律動している腰に興奮を煽られていった。

「沙耶香、いまの沙耶香、最高だよ、最高に魅力的だよ」

感動していう蓮見の声が聞こえているのかどうか、妻はもう夢中になって熟れた腰を振りたてている。


——遠山周造の快気祝いのパーティは、さすがに民自党の重鎮だけあって盛況だった。

出席者は政治家だけでなく、財界人やいろいろな分野の著名人など、多士済々だった。

蓮見と沙耶香も出席していたが、蓮見が驚いたのは、出席者の中に『ラビリンス』の麻矢の顔があったことだ。もっとも、彼女の場合、表向きは洋画家・如月忍としてだろうが。

数人が壇上でお祝いの言葉を述べたあと、立食パーティになった。

人気者の沙耶香はあちこちから声がかかって、それぞれのテーブルをまわって笑顔をふりまいていたが、立場的には裏方の蓮見のほうは手持ち無沙汰で、会場を見回しながらひとりワインを飲んでいた。

　すると、そこに麻矢がグラスを手にやってきた。

「どうですか、奥様の調教のほうは」

　秘密めかしたような笑みを浮かべて訊く。

「おかげさんで、いまのところ順調だよ」

　いくら相手が麻矢でも、明日３Ｐをすることになっているとはいえない。いったら、さすがの麻矢もたまげるだろうと、蓮見が内心笑っていうと、

「だろうと思ったわ。蓮見さんと一緒のところの奥様を見てたらわかるもの」

　麻矢はかるく蓮見を睨んでいった。

「わかるって、どうして？」

「奥様、すごく溌剌《はつらつ》としていらっしゃるから」

「へえ、そうかな」

「そういうとこ、同性はすぐにわかるのよ」

　麻矢がしたり顔でいったとき、遠山周造がやってきた。

「おお、蓮見くん、如月先生とずいぶん親しそうだけど、きみも先生の絵のファンなのか」

「ええ。いま、遠山先生もそうだと聞いて驚いてたところです」

「そうか。そういうことだったら、きみとは趣味が合いそうだな」

「光栄です。夫婦ともども、わたしだけでなく、ひょっとして妻も先生と趣味が合うかもしれません。こんごともよろしくお願いします」

麻矢がニヤニヤしながら聞いているのを、蓮見は意識していった。

「もちろん。きみたち夫婦はわたしにとっても特別だからな、これからも気にかけていくよ」

「ありがとうございます」

蓮見は低頭して礼をいった。

「ところで如月先生、先生の作品のことでちょっと話があるんだが、よろしいかな」

遠山は麻矢に向かっていった。「はい」と麻矢が応えると、

「じゃあ蓮見くん、ゆっくりしていってくれたまえ」

そういって麻矢を伴って蓮見から離れていった。

その後ろ姿を見ながら、蓮見は思った。

——趣味ときたか。さすがは古狸。だけど遠山はまだ充分、利用価値がある。

それこそ妻ともども、うまく利用させてもらおう……。

そのとき、視線の先に妻の姿があった。蓮見は麻矢の言葉を思い出した。

——そういわれてみれば、確かにそうだ。いままでになく、溌剌としている。

どこか角が取れたような穏やかな表情でにこやかに話している妻を見て、そう思った蓮見は、不意に妬ましさをおぼえた。

その妻が、京田の勃起したペニスをくわえて、うっとりとしてしごいているシーンが頭をよぎったからだ。

にもかかわらず、蓮見の分身は強張ってきていた。

そんなシーンが当然ありうる、京田との３Ｐは明日の夜だった。

蓮見は妻を見ながら、思った。

——調教は、まだこれからだ。これから妻はもっと変わる……。

＊本作品は書下しです。文中に登場する団体、個人、行為などはすべてフィクションであり、実在のものとは一切関係ありません。

◉新人作品**大募集**◉

マドンナメイト編集部では、意欲あふれる新人作品を常時募集しております。採用された作品は、本人通知のうえ当文庫より出版されることになります。

【応募要項】 未発表作品に限る。四〇〇字詰原稿用紙換算で三〇〇枚以上四〇〇枚以内。必ず梗概をお書き添えのうえ、名前・住所・電話番号を明記してお送り下さい。なお、採否にかかわらず原稿は返却いたしません。また、電話でのお問い合せはご遠慮下さい。

【送付先】 〒一〇一-八四〇五 東京都千代田区神田三崎町二-一八-一一 マドンナ社編集部 新人作品募集係

淑妻調教《しゅくさいちょうきょう》

二〇二三年十二月十日 初版発行

著者◉雨宮 慶【あまみや・けい】

発行◉マドンナ社

発売◉二見書房

東京都千代田区神田三崎町二-一八-一一

電話 〇三-三五一五-二三一一（代表）

郵便振替 〇〇一七〇-四-二六三九

印刷◉株式会社堀内印刷所 製本◉株式会社村上製本所 落丁・乱丁本はお取替えいたします。定価は、カバーに表示してあります。

ISBN978-4-576-23123-5 ◉Printed in Japan ◉©K.Amamiya 2023